별뜨기에
관하여

이영도
SF 단편소설집

별뜨기에 관하여

황금가지

차례

일러두기

▶ 본 도서는 이영도 작가의 2000년부터 2012년까지 발표된 10편의 단편을 수록했으며, 각 작품의 발표 정보는 다음과 같다.

카이와판돔의 번역에 관하여 (2005년, 웹진《크로스로드》)

구세주가 된 로봇에 대하여 (2006년,《대산문화》)

별뜨기에 관하여 (2008년, 웹진《크로스로드》)

복수의 어머니에 관하여 (2012년, 웹진《크로스로드》)

순간이동의 의미에 관하여 (2007년,《판타스틱》)

나를 보는 눈 (2008년,《판타스틱》)

아름다운 전통 (2001년, 『이영도 판타지 단편집』)

전사의 후예 (2001년, 『이영도 판타지 단편집』)

SINBIROUN 이야기 (2000년,《빨간펜》)

봄이 왔다 (2005년, 글틴 - 사이버문학광장)

▶ 본문에 * 표기는 편집자 각주를 뜻하며, 독자의 이해를 돕기 위한 부분에만 사용되었다.

카이와판돔의 번역에
관하어

'당신의 삶이 당신의 우주에 바치는 경의이길.'

문학 종사자들은 뒤통수를 강타하는 듯한 문장, 심장을 어루만지는 듯한 문장에 대해 이야기한다. 같은 비유법을 쓴다면 내가 악전고투 끝에 번역한 『카이와판돔』의 첫 번째 문장은 거친 백태클을 당하는 듯한 문장, 레드카드를 꺼내고 싶어지는 문장이다. 보다 사무적으로 말한다면 범은하 문화교류촉진위원회에 항의 서한을 보내고 싶어지는 문장이다. 하지만 그 항의 서한은 어떤 모습일까?

"왜 '옛날 옛적에'로 시작하지 않는 거죠?『신데렐라』는 그랬거든요!"

아마 문교촉위는 왜『카이와판돔』과『신데렐라』가 같은 방식으로 시작해야 되는가 되물어올 것이다. 그에 대한 대답으로 준비할 수 있는 것은 '『카이와판돔』이『신데렐라』와 교환된 것이기 때문'이라는 엉성한 것뿐이다. 아무래도 항의 서한은 포기해야 될 듯하다.

사실 문교촉위의 외계인들이 보일 반응보다는 지구인 동포들의 반응이 더 신랄할 것이다. 저 바깥에는 내가 외계인의 문학작품을 번역(같은 일을 맡은 수천 명 중의 한 명일 뿐이다.)하고 있다는 것을 아는 작자들이 있고 그자들 중 일부는 내 짜증을 보면 살의 섞인 분노를 보일 것이다. 심지어 그들 중 모자란 상상력을 고전의 권위로 때우길 즐기는 자들의 경우엔 이곳이 시나이산이라는, 그리고 내가 취급하고 있는 작품이 석판에 기록되어 있다는 식의 태도를 견지하고 있다. 신성모독이라는 점은 둘째치더라도 사실에 전혀 부합하지 않는다. 이곳은 북악산이고 내가 가지고 있는『카이와판돔』은 A4용지에 인쇄된 것이므로.

보다 매혹적인 기록수단이 아닌 점은 나도 유감스럽기야 하지만, 우주를 가로질러 정보를 보내야 한다면 석판이나 그 비슷한 뭔가를 탑재한 우주선을 발사하는 것보다는 앤서블이 훨씬 경제적이다. 지구에서 문교촉위로『신데렐라』를 보낸 방식도 그것이었고 문교촉위에서 지구로 『카이와판돔』을 보낸 방식도 그것이다. 『카이와판돔』을 받은 UN 산하의 접촉 전담위에서는 그것을 A4용지 서른 장에 인쇄한 다음 은하표준어 사전과 함께 내게 넘겨주고는 그것을 한국어로 번역하라고 말했다.

따라서 건전한 교양인이라면 비록 A4용지 더미에 불과한 것이라도 경외감을 품고 이 외계의 문학작품을 대해야 할 것이다. 하지만 나는 손을 뻗어 담뱃갑을 끌어당기는 쪽을 선택했다. 담배에 불을 붙이자 방 저쪽에 있던 박 대위가 입 주위를 꿈틀거렸다.

잠깐 동안 내적 갈등을 보여주는 듯한 표정을 짓던 박 대위는 곧 결심을 굳혔다. 그는 우호적이고 동정적인 미소를 지었다.

"시작부터 대단한 란문인가 보지요, 리 선생님."

순진한 인문학부 학생처럼 말하는 특공대원이라니, 끔찍하기까지 하다. 하긴 박 대위에게 나는 군인이 민간인을 대하는 표준화된 태도를 포기하게 할 만큼 중요한 사람이다. 하지만 우쭐한 기분은 느낄 수 없었다.

"박 대위, 박 대위도 어제 내가 떠들었던 말 옆에서 다 들었지? 이건 다 쓸모없는 짓이야. 보나 마나 영역본이 채택될 테지."

박 대위는 또다시 군인답지 않게 행동했다. 군이 공들여 키

워낸 살인 전문가는 '나는 모른다'는 태도를 보이는 대신 점잖게 말했다.

"리 선생님. 접촉위에서 정짜로 원하는 것은 그 외계의 글을 리해하는 것입니다. 그래서 지구의 모든 언어로 그 외계 동화를 번역하는 것이고요. 그 동화를 리해할 가능성을 왜 스스로 축소하겠습니까?"

아마 박 대위의 말이 맞을 것이다. 따라서 접촉위 사람들은 내가 『카이와판돔』보다 내 경호원의 말투에 더 관심을 두고 있다는 것을 알면 격분할 것이다. 하지만 내게는 통일한국의 혼란을 단적으로 보여주는 듯한 박 대위의 말투가 훨씬 재미있었다.

"대위의 말투를 바꾸도록 강제한 세력이 있었겠지? 물론 직접적으로 '너 말투 바꿔.' 하는 식은 아니었겠지만 책이나 TV를 보기 위해서도, 다른 사람과 이야기를 나누기 위해서도 말투를 바꿀 수밖에 없었을 거야. 그렇지?"

박 대위는 싱긋 웃었다.

"무슨 말인지 알겠습니다. 예, 세가 더 큰 말투를 따라갈 수밖에 없지요."

"지구상에서는 영어가 그런 횡포를 부리고 있어. 이 사전을 봐. 『은하표준어—영어 사전』이야. 전담위원들도 결국엔 이해하기 더 쉽다는 이유에서 영역본을 먼저 집어 들걸. 그리고 영어 사용자의 사고방식으로 이 동화를 이해할 테고. 이게 동화가 맞는지는 의심스럽지만."

박 대위는 내 주장을 계속 상대하는 것이 별로 이롭지 않다고 판단한 듯했다. 그래서 그는 화제를 살짝 바꿨다.

"동화가 아닙니까? 외계인들은 동화를 보낸다고 하지 않았습니까?"

박 대위의 말에는 오래된 실망의 희미한 흔적 같은 것이 엿보였다. 그 실망이 무엇인지는 나도 잘 기억하고 있다.

9년 전, 그 숨 막히던 첫 접촉의 순간은 단언컨대 인류가 나무 아래로 내려온 이래 최대의 쇼였다. 명백히 지구 바깥의 기술로 만들어진 우주선은 30AU 거리에서부터 지구의 모든 관측 장비에 자신을 소개하며 당당하게 다가왔다. 마치 그곳이 고향이라도 된다는 양 정확한 솜씨로 제1 라그랑주 포인트*에 자리 잡은 우주선은, 그때도 그랬거니와 지금도 이해할 수 없는 방식으로 머나먼 외계의 소리를 실시간으로 전하는 중계거점이 되었다. 그 기적적인 통신 방식에 앤서블**이라는 이름이

---

* 라그랑주 포인트(Lagrangian point), 두 개의 천체 사이에 무중력이 되어, 역학적으로 안정적인 위치가 되는 곳을 말한다.
** 앤서블(Ansible), 가상의 초광속 통신 장치의 명칭으로서 어슐러 르 귄의 작품에서 처음 선보였다. 이후 많은 SF에서 이 명칭을 사용하였다.

붙는 것은 당연한 일이었다.

그 앤서블 중계거점을 미개인에게 던져진 휴대전화에 비유한 당시의 카툰이 떠오른다. 의외로 예리한 비유다. 우리는 그 '휴대전화'의 원리를 이해할 수 없고 상대방이 어디서 말을 하는지도 알 수 없었지만, 휴대전화를 통해 상대방과 이야기를 할 수는 있다.

그럭저럭 서로의 소통 수단을 익히게 되자 휴대전화를 보낸 우주 저편에 있는 자들은 자신들이 범은하 문화교류촉진위원회라고 소개했다. 그리고 그들은 본격적인 교류를 제안했다. 하지만 외계인들이 제시한 교류 대상 품목은 지구인들을 경악시켰다. 그들은 기적과 같은 선진기술도, 초월적인 과학도, 꿈도 꿀 수 없는 고급정보도 아닌 동화를 교환하자고 제안했다. 어깨에 별이 잔뜩 달린 자들이나 하얀 옷을 즐겨 입는 자들 중 일부는 이 제안에 공황 상태 비슷한 것을 보이기도 했다. 말 그대로 동화 같은 이야기가 아닐 수 없다. '머나먼 별나라에서 신비한 손님들이 왔습니다. 그 손님들은 재미있는 이야기를 들려줄 테니 당신들도 그렇게 해달라고 했습니다.'

지금에 와서야 그 제안이 합리적이라고 생각하는 경향이 저변화되어 있다. 사실 우리는 이미 오래전부터 외계인만큼이나 이질적인 자들의 방문을 경험했다. 그들은 고통과 함께 찾아오며, 도무지 의사가 통하지 않고, 우리의 안정된 생활을 서슴없이 파괴한다. 당신이 재생산 경험이 있다면 누구를 말하는 것인지 알 것이다. 바로 우리의 자녀들 말이다.

그 불청객들이 어느 정도 지구의 언어를 익히고 나면 우리가 그들에게 건네주는 첫 번째 정보가 무엇인가? 지구에서 태어나는 그 외계인들에게 우리가 주는 것은 말을 할 줄 아는 동물들과 물리법칙을 무시하는 마법, 오래전에 사라진 신분계급 같은 것들이 등장하는 오류투성이의 정보들이다. 외계인에게 주어야 하는 것은 바로 동화다.

그들은 우리의 아이로 행동하길 원했고, 우리 또한 그들의 아이로 행동해야 했다. 우리의 동화를 들려주고 그들의 동화를 읽어야 하는 것이다. 하지만 문교촉위(9년이 지났지만 지구인은 아직도 이 단체가 정확히 무엇인지 알지 못한다. 동화를 더 읽고 어른이 된 후에야 알 수 있을 것이다.)는 외계의 모든 동화를 보내주지는 않았다. 그들의 방식은 우리에게 짝패 하나를 붙여주는 것인 듯했다. 주디스 리치 해리스가 갈파했듯 어린이는 부모의 훈육에 의해 성장하는 것이 아니라 친구와 부대끼며 성장하는 것이다. 문교촉위는 우리에게 어울릴 친구 하나를 골라 '전화를 바꿔줄' 작정이었다. 만약 그 짝패가 서로의 동화를 이해할 수 있게 되면, 문교촉위는 뒤로 물러나고 우리는 우주 저편의 파트너와 본격적으로 수다를 떨 수 있을 것이다.

문교촉위가 첫 번째로 고른 우리의 짝은 권티다였다. (역시 그 이름만 알 뿐, 우리는 이 자들이 도대체 우주 어느 구석에 있는 어떻게 생겨먹은 자들인지도 모른다.) 하지만 문교촉위가 보내준 권티다인들의 동화는 불미스러운 사고를 일으켰다. 문교촉위는 첫 번째 조합을 포기한 다음 두 번째로 위탄이라는 문화권을 소개해주었다. 다행히 두 번째 선택에서는 심각한 문제가 일어나지 않았다. 지구의 동화들과 위탄인의 동화들이 순조롭게 교환되었다. 그 중『신데렐라』와 교환된 것이『카이와판돔』이다.

그리고『카이와판돔』은 '옛날 옛적에' 대신 종교 경구 같은 말로 시작하여 내 호기심을 냉각시키고 있었다.

"동화냐고? 글쎄, 솔직히 말하자면 나는 이 '카이와판돔'이 무슨 뜻인지도 모르겠어. 사전에 나오지 않거든. 하긴 위탄에 있는 이름 모를 내 동료도 '신데렐라'가 무슨 뜻인지 몰라 당황했겠지. 흠, 그럼 이것도 주인공 이름인가?"

"그러면 '카이와판돔이라는 고운 녀성이 살았습니다.'라는 말이 나오겠군요."

매몰차게 무시할 수 없을 만큼 품위 있는 재촉이었다. 군대에서는 내 경호원으로 총을 대신 맞아줄 사람 이상의 사람을 보낸 모양이다. 나는 대위에게 힘 빠진 미소를 지어주고는 담배

꽁초를 재떨이에 눌러 비비고 다시 A4용지를 들여다보기 시작
했다.

그 다음 문장에서도 고운 여자는 나오지 않았다. 두 번째
문장은 '그 오랜 세월 우주는 당신을 기다려왔으니'였다. 그런
문장에도 불구하고 위탄인들에 대한 내 평가는 하락하지 않
았다.

이미 바닥이었으니 더 내려갈 수가 없다.

사흘이 더 흘렀고, 나는 그때까지 열두 문장을 번역했다. 청
와대의 김 실장이 찾아왔을 때 나는 게으름에 대한 질책을 들
을 거라 각오했다. 하지만 김 실장은 오히려 내 비위를 건드릴
까 조심하듯 행동했다. 그저 늙은 여자에 대한 존중을 표시하
는 것이 아닌 듯했고, 그래서 나는 슬쩍 넘겨짚었다.

"다른 나라의 진행 상황도 비슷한가 보지?"

"그렇습니다, 선생님. 아무래도 중역인 데다 사고방식과 문화
가 다르니까요. 상당히 좌절하고 있답니다."

나는 신이 나서 은하표준어의 문법이 얼마나 까다로운지 떠
들어댔다. 그리고 이 경우는 원래 어떤 모습이었는지도 모를 위
탄어를 은하표준어로 번역한 것이므로 초능력에 가까운 번역
실력이 요구될 정도로 문장이 괴상하다고도 말했다. 하지만 속

으로는 다른 나라의 번역자들이 보였다는 반응에 의아해했다. 조금 후에야 그들과 나의 차이점을 깨달을 수 있었다. 나와 달리 그 불쌍한 친구들은 희망을 가지고 작업에 임했나 보다. 따라서 그들의 좌절이 클 수밖에 없다.

김 실장은 혹시 나도 좌절하고 있을까 봐 응원차 온 모양이다. 나는 적당한 좌절을 보여준 다음 포기하지 않겠다는 의지도 조금 보여주었다. 내 반응에 만족한 김 실장은 두 번째 용건을 조심스럽게 꺼냈다.

"두 시간 전에 지구주의자들의 성명서가 웹에 업로드되었습니다."

24시간 내 곁을 지키고 있는 박 대위가 긴장했다. 나는 무관심한 얼굴을 하지 않으려 애쓰며 말했다.

"무슨 내용인데?"

김 실장은 내 컴퓨터 쪽으로 움직였다. 직접 보여줄 모양이다. 나는 그냥 말로 설명하라고 했다.

"그러겠습니다. 성명서의 앞부분은 지금까지와 별로 다르지 않은 내용입니다. 외계의 침략에 맞서 지구인들은 궐기해야 한다는 내용들이지요. 개인적으로는 이런 말도 안 되는 이야기에 사람들이 관심을 가진다는 것이 이해되지 않습니다."

"권티다의 동화가 문제였지. 그 동화가 산 안드레아스 단층을 감동시켰으니까."

권티다인들의 동화는 복잡한 화학식이었다. 권티다인들이 어떤 감각기관을 가지고 있는지는 짐작하기조차 어렵지만 화학물질 문학이라는 것 자체는 그다지 놀라운 것이 아니다. 지구에도 페로몬 같은 화학물질로 대화하는 생물이 있으니까. 그리고 인간들도 향수라는 이름으로 화학물질을 자기표현에 사용한다. 적당한 수용기만 있다면 화학물질로도 얼마든지 대화할 수 있다.

권티다인들에게 그 동화는 어린이들에게 권해도 될 만큼 안전한 것이었을 것이다. 그리고 지구에서도 대부분의 경우엔 안전했다. 하지만 JPL에서 이루어진 합성에서 그것은, 아직까지도 정확히 밝혀지지 않은 이유로 인해 산 안드레아스 단층을 전율하게 만든 초고성능 폭발물로 바뀌었다.

당연하게도 파괴된 캘리포니아의 복수를 원하는 자들이 나타났다. 그자들은 외국인 혐오증 환자, 인간이 신의 유일한 적자임을 믿는 광신도, 우주적 KKK라 부를 수밖에 없는 작자 따위를 규합한 다음 지구주의 운동이라는 것을 선포했다. 거기까지는 꽤나 씩씩하게 진행했지만 그들은 분노의 배출구를 찾을 수 없었다. 지구인은 권티다가 어디 있는지도 모르거니와, 설령 알았다 해도 복수를 위한 우주함대를 발진시킬 능력 같은 것은 지구인에게 없다. 앤서블 중계거점이 있기야 하지만 라그랑주 포인트의 목표물을 공격할 수 있는 무기는 차고에서 조립할 수 있을 만한 물건이 아니다. 그리고 그런 무기를 가진 정부들은 지구주의자들에게 냉담했다. 그러니 지구주의자들은 문교촉위에 협력하는 다른 지구인들에게 분통을 터뜨릴 수밖에 없었다.

전체 인류의 관점에서 보면 비탄에 잠긴 나머지 자해를 하는 것이나 다름없지만 복수심이 언제 논리와 친했던 적이 있던가. 내가 일반인들의 접근이 금지된 북악산의 모처에서 군대의 보호를 받으며 외계인의 동화를 번역하고 있는 것도 지구주의자들의 위협 때문이다.

나는 새삼스러울 것이 없는 이야기를 왜 김 실장이 가져왔는지 궁금했다. 김 실장이 몹시 조심스러운 태도로 설명했다.

"성명서의 뒷부분이 문제입니다. 간단히 말해서 이 자들은 번역가들이 지금 당장 번역을 멈추지 않으면 그들의 가족과 친지, 친구들을 공격하겠다고 경고하고 있습니다."

쓴웃음을 짓고 싶었다. 동조자를 상당히 잃을 텐데도 그런 위협을 하고 나선 것을 보니 지구주의자들의 세력이 위기의식을 느낄 만큼 축소되고 있나 보다.

김 실장은 보호하고 싶은 자의 명단을 주면 그들에게 경호를 붙이거나 이곳으로 옮기겠다고 말했다. 나는 관두라고 대답했다. 그리고 누구를 선택하고 누구를 탈락시키는 짓을 할 수 없기 때문이라고 덧붙였다. 김 실장은 이해할 수 없다는 얼굴이었지만 내 주장을 반박하지는 않았다.

"그러면 일단 이인수 씨 가족들을 경호 경비 대상에 포함시키겠습니다."

"우리 오빠가 동의하면 그렇게 해."

김 실장은 내가 번역을 포기하겠다는 말을 하지 않은 것에 안도하며 물러갔다. 그래서 나는 혐연가와 같은 공간에서 담배를 피우는 범죄를 저지르지 않을 수 있게 되었다. 김 실장이 떠나자마자 기쁜 얼굴로 담배를 입으로 가져가는 나를 향해 박 대위가 말했다.

"리 선생님, 오라버니 가족들이 넘려되시지요? 말씀만 하시면 제가 똑똑한 놈들을 보내겠습니다."

"괜찮아. 경찰들이 알아서 잘하겠지. 그리고 지구주의자들도 한국어 번역가에겐 별 관심이 없을 거야. 한국인을 제외하면 외계인의 동화가 한국어로 번역될 수 없다는 사실에 애석해할 자가 어디 있겠어?"

내 빙퉁그러진 대답이 박 대위 내부의 무엇인가를 건드렸다. 박 대위는 정색하며 말했다.

"리 선생님, 접촉 전담위는 지금껏 지구가 경험하지 못했던 미증유의 지성을 이해하기 위해 지구가 동원할 수 있는 모든 리해력을 필요로 하고 있습니다. 바로 그런 사유에서 지금 같은 일이 필요한 것이겠지요. 비록 조선말이 세계에서 차지하는 비율이 낮다 해도 변별성이라는 측면에서는 개개루 평가받아야 할 똑같은 언어라고 생각합니다. 따라서 리 선생님께서 조선말 번역에 성공하지 못하신다면 지구는 그 외계의 동화를 리해할 가능성 하나를 잃게 되는 것입니다. 물론 조선인의 자존심도 중요합니다. 하나 저는 그것보다 더 중요한 지구를 위해서 리 선생님을 지키고 있습니다."

가슴이 뜨끔할 수밖에 없었다. 내 안전에 목숨을 걸고 있는 사람에게 참 쓸데없는 사람 지키고 있다는 식으로 말했으니 나도 곱게 늙진 못했다. 박 대위에 대한 존중 때문에라도 변명해야 할 필요를 느꼈다. 하지만 내 입에서 나온 것은 엉뚱한 말이었다.

"박 대위, 생년월일이 언제지?"

"예? 2001년 11월 15일입니다."

"21세기 인간이군. 나는 20세기 인간이야. 1974년 12월 27일 생이지. 혹시 그날에 대해 아는 것 있어?"

"리 선생님의 생일이라는 것 말고 말입니까? 모릅니다. 무슨 날입니까?"

"네드 매드렐이라는 어부가 죽은 날이야."

"네드 매드렐? 그게 누구지요?"

"잉글랜드 본토와 아일랜드 사이에 길이가 한 50킬로미터쯤 되는 섬이 하나 있지. 맨(Man)이라고 해. 그곳은 망스라고 하는 별나게 생긴 고양이의 원산지로 알려져 있지. 그리고 맨에서 쓰였던 말도 망스라고 해. 에드워드 매드렐은 맨에서 태어나고 죽은 평범한 어부야. 그 섬 출신이니 당연히 망스를 썼지. 그의 인생은 특별할 것이 없고, 고향의 말을 썼다는 것도 당연한 일이지. 하지만 평범하지 않은 사실이 하나 있어. 에드워드 매드렐은 최후의 망스 원어민이었어. 1974년 12월 27일에 그가 죽었을 때 맨 사람들은 모두 영어를 쓰고 있었거든. 따라서 그날은 맨의 말이 죽은 날이기도 해."

원하지 않는 사람 앞에서 피우면 호흡기 강간범쯤으로 취급받게 되는 물건을 재떨이에 비벼 껐다. 옛날과 달라진 것이 또 뭐가 있을까.

"박 대위 표현대로라면 지구는 맨의 말로 카이와판돔을 이해할 가능성을 오래전에 잃은 거지."

"조선말은 아직 죽지 않았습니다, 리 선생님."

"박 대위가 죽을 때쯤 되면 최소한 문화어 사용자는 사라질 것 같군. 자네 문화어도 지금은 표준어와 뒤범벅되어 있으니."

박 대위의 얼굴에 고통이 떠올랐다. 못된 늙은이는 빨리 죽는 것이 자선사업이다. 젠장.

"미안해, 박 대위. 하지만 나는 자네처럼 생각할 수 없어. 외계의 지성을 제대로 이해하기 위해 지구의 모든 시각을 동원한다? 내 눈엔 반대로 보여. 그런 짓을 하는 것 자체가 내재된 위기의식을 드러내는 것이라고 말이야. 무슨 위기의식이냐고? 그 다양한 시각들이 사라질지도 모른다는 위기의식이지. 다른 말을 쓰는 자들이 현실에 등장했으니까. 지난 세기에 자본이 그랬고, 이제 외계인이 그렇지. 둘 다 인간의 말이 아닌 다른 말을 써. 자본은 경제학의 언어를 썼고 외계인은 자기네 빌어먹을 말을 쓰지. 다른 말을 쓰는 오랑캐가 나타나면 사람은 단결하고 개성을 살해하는 법이야. 이 최후의 저항이 끝나고 나면 지구의 언어는 급속하게 하나로 통일될 거야. 영어일 가능성이 높지."

시큰한 무릎을 어루만졌다. 비가 올 모양이다. 나는 창밖의 서울을 바라보았다. 서울을 이 각도에서 본 사람은 많지 않을 것이다. 청와대 뒷산에 아무나 올라올 수 있는 것은 아니니까. 하지만 이 각도에서 봐도 별다를 것은 없었다. 흐린 하늘과 스모그 때문에 서울은 낡은 벽지처럼 보였다. 무늬가 있지만 결코 그 무늬가 드러나지는 않는 벽지 말이다.

"내밀한 동기의 측면에서 보면 지구주의자가 하는 짓이나 내가 하는 짓이나 똑같아. 둘 다 개별성의 소멸에 저항하는 거지. 그리고 최종결과도 똑같겠지."

나는 그 최종결과를 말하지 않았다.

이틀 뒤, 작업이 좀 능숙해진 덕분에 나는 카이와판돔을 스무 문장 정도 더 번역했다. 그리고 그날 밤 공격이 있었다. 뜻밖의 일이었다.

내 짐작대로 지구주의자들도 위탄의 동화가 한국어로 번역된다는 것에는 별 관심이 없었을 것이다. 하지만 내가 예상하지 못했던 것은 공격 효과였다. 한국에는 은하표준어를 나만큼 구사하는 자가 없었다. 따라서 나를 공격하면 한 가지 언어의 번역을 완전히 저지할 수 있다. 그래서 지구주의자들은 스위스의 헤르 아무개(레토로망스가 목표였나 보다.)와 아일랜드의 미시즈 아무개(게일어겠지.), 일본의 아무개 상(알아보니 일본어가 아니라 아이누어가 목표였단다. 꼼꼼하기도 해라.) 같은 번역가들과 함께 나도 공격 목표에 포함시켰다.

번역가들은 철저하게 보호되고 있었기 때문에 지구주의자들은 예고했던 것처럼 번역가의 가족을 목표로 했다. 내 경우엔 인수 오빠와 그 가족이다. 결혼한 적이 없는 할망구의 가족을 찾느라 그 녀석들도 참 짜증이 났을 것이다. 공격이 있고 두시간 후, 김 실장이 인수 오빠와 나에게 비화전화기를 전달한 후에야 나는 오빠에게 전화를 걸 수 있었다. 하지만 전화를 받은 것은 인수 오빠가 아니었다.

"하이, 인혜!"

어리둥절해 하던 나는 조금 후에야 상대방이 오빠의 손자인 철훈이라는 것을 깨달았다. 빅브라더의 추적도 차단하는 비화전화기가 꽤나 신기해서 자기가 받아보겠다고 날뛰었던 모양이다. 나는 짜증스럽게 말했다.

"문디 자슥. 여태까지 안 자고 머하노. 느그 할애비 바까바라."

"왓?"

"할애비 바까라 캤다!"

뭔가 칭얼거리는 소리와 달래는 소리 같은 것이 들리더니 조금 후 오빠의 목소리가 들렸다. 오빠는 철훈이를 달래느라 띄엄띄엄 말했다. 대비하고 있던 경찰들 덕분에 테러는 무위로 돌아갔고 테러리스트들도 모두 체포되었다는 것을 김 실장에게 미리 들었기에 나도 안부만 간단히 물었다.

대화를 나누면서 나는 철훈이 덕을 약간 보았음을 알게 되었다. 경찰들의 체포 작전을 목격한 철훈이가 굉장히 흥분한 덕분에 오빠도 화를 낼 생각이 많이 수그러든 모양이었다. 그 녀석에게 선물이라도 하나 보내야겠다고 생각하며 전화를 끊었다.

전화를 내려놓은 손으로 담배를 집자마자 라이터가 다가왔다. 고개를 들어보니 박 대위였다. 이제 내가 언제 담배를 무는지 나보다 더 잘 알게 된 모양이다. 불을 붙여준 박 대위가 약간 물러나며 말했다.

"리 선생님, 그건 어디 말입니까?"

"내 말? 경상도 사투리."

"아아, 쌀을 발음할 수 없다는 곳 말입니까?"

피식 웃을 수밖에 없었다. 평생 경상도 출신이라고 밝히면 쌀을 발음해보라는 말을 들어왔다. 그런데 이젠 구 북한군 특공대원에게까지 그런 질문을 듣다니.

"쌍시옷 발음 못 하는 곳은 낙동강 동쪽이야. 나는 서쪽 출신이고. 게다가 그것도 옛날이야기지. 요즘은 낙동강 동쪽이든 서쪽이든 모두 표준어 쓰고 쌍시옷 발음도 잘해. 그러니 혹 경상도에 가더라도 그런 질문은 하지 마. 나나 우리 오빠 같은 늙다리가 서로 이야기할 때나 경상도 사투리 쓰는 거지."

박 대위의 눈에 희미한 우울함이 떠올랐다. 그의 사고 궤적을 추측하고 싶지 않았던 나는 오후 내내 한 작업이 담겨 있는 컴퓨터를 흘깃 쳐다보며 말했다.

"이것 한 번 들어볼래, 박 대위? 내가 제대로 이해했는지 확신할 순 없지만 위탄인들은 성(性)이 세 개인 것 같아. 우리 식으로 억지 해석을 하면 여자는 하나인데 남자가 두 종류 있는 거지. 하지만 꼭 그렇게 말할 수도 없어. 여자가 남자1과 결합하면 남자2가 태어나. 그리고 여자가 남자2와 결합하면 남자1이 태어나고. 여자끼리 결합할 경우 여자가 태어나는 것 같아. 이런 식이라면 결국 여자들만 남게 될 것 같지 않아? 하지만 그렇지 않은가 봐. 뭔가 남자들을 위한 성 보존 체계 같은 것이 있는 모양이지. 어쨌든 이런 동네이다 보니 난 애들의 갈등 양상을 이해하기 힘들어. 동화에선 사회학적 설명 같은 것은 안 하잖아."

박 대위는 예의 바르게 관심을 표현했다.

"위탄인들도 성별이 두 개밖에 나오지 않는 신데렐라 이야기에 당황할 겁니다."

"그래. 그 녀석들은 『신데렐라』가 변태 같은 이야기라고 느낄지도 몰라."

"리 선생님께서 번역을 끝내시면 사회학자들이 그에 대해 논의해 볼 수 있을 겁니다. 아, 카이와판돔이 무슨 뜻인지는 알아내셨습니까?"

"아니. 본문에서 그 말은 지금까지 한 번 나왔는데 등장인물의 이름은 아니었어. 아까 말한 성 보존 체계와 무슨 관련이 있는 것 같아. 의식과 관련된 이름일 수도 있고. 위탄의 고유의식이라면 은하표준어 사전엔 없을 수도 있지."

"그것도 연구할 수 있을 겁니다. 빨리 번역하신다면."

"연구하기야 하겠지만 내 것이 아닌 영역본으로 할 거야. 그러니 그만 보채라. 피우던 담배는 마저 다 피워야지."

박 대위가 울컥했다. 그는 흥분 때문에 약간 높아진 목소리로 말했다.

"리 선생님, 그 일이 그렇게 쓸모없는 짓이라 생각하신다면 우정 그 일을 하시는 리유가 뭡니까?"

그토록 점잖은 사람을 일주일 만에 이렇게 만들었으니 내 승리라고 해야 하나. 나는 그를 외면했다.

"돈 많이 주잖아."

"돈 때문이라고요? 그건 외계인의 문학인데?"

"그래. 지구의 언어를 하나로 통일시킬 물건이지. 위탄인들이 이해할 수 없을 정도로 우리와 다르다는 것을 보여주는 것만으로."

"만약 위탄말이 조선말 사용자에게 가장 리해하기 쉬운 말임이 밝혀진다면, 그렇다면 어쩌겠습니까? 그럴 수도 있지 않습니까? 전담위원들이 리 선생님께 방조를 구할지도……."

나는 고개를 돌려 그를 직시했다.

"망스가 위탄어에 가장 가까운 말일 수도 있지. 야히어*나 카타바가어**가 그럴 수도 있고. 지난 세기에 자본이 해치운 언어는 그것 말고도 부지기수야. 그리고 어느 말이 더 적합한가는 아무 문제가 안 돼. 박 대위. 자네는 열차 궤도가 왜 아직도 탈선이 걱정되는 간격을 고수하고 있고, 키보드가 왜 불합리한 쿼티를 고집하고 있는 건지 모르나? 자네 말투에서 문화어의 흔적이 점점 사라지는 건 표준어가 더 합리적이기 때문인가?"

박 대위는 상기된 얼굴로 씩씩거렸다. 빌어먹을. 어쩌라고? 내 조카손자 놈은 왕고모 이름을 함부로 부르며 영어로 말을 걸어온다고.

"이건 자연법칙이야. 사라지는 것들이 얼마나 아름다운지, 얼마나 특별한지는 중요치 않아. 오직 세력만이 중요하지. 내가 화를 내거나 저항하지 않는 것도 이것이 자연법칙이기 때문이지. 저항이나 혁명 따위는 사람을 대상으로 하는 거야. 나는 자연법칙에 저항하는 바보짓으로 여생을 낭비하지는 않아. 돈이

---

* 캘리포니아 북부에 살던 인디언들의 사라진 언어.
** 필리핀 남부 지방에서 사라진 언어.

나 받아 흥청망청 사는 쪽이 낫지."

참으로 어울리지 않게도, 그 순간 컴퓨터가 딩동 하는 맑은 소리를 냈다.

나와 박 대위 모두 약간 허탈한 표정을 지으며 컴퓨터 쪽을 바라보았다. 모니터를 보니 메일이 도착했다는 표시가 깜빡거렸다. 발신자는 접촉 전담위였고 수신자는 전 세계의 번역가였다. 나는 메일을 열었다.

갑자기 모니터가 캄캄해졌다. 해킹을 의심하며 고개를 들어보자 당혹스럽게도 주변 또한 캄캄했다. 문제가 생긴 것이 내 늙은 몸인지도 모른다고 생각했을 때 박 대위가 속삭였다.

"움직이지 마십시오, 리 선생님."

"박 대위?"

"전기가 끊어졌습니다. 비상 발전기도 작동하지 않는 것으로 보아 누가 의도적으로 끊은 겁니다."

그 순간 먼 곳에서 섬뜩한 총성이 들려왔다.

나는 평생 활극을 동경해본 적이 없고, 이 나이가 되어 새삼스레 그런 것에 관심을 두고 싶지도 않았다. 하지만 아무것도 보이지 않는 어둠 속에 날카로운 총성을 듣고 있노라니 내 머릿속엔 온갖 활극 장면이 떠올랐다. 안타깝게도 개와 젊은 여

자에겐 친절하지만 경찰과 늙은 여자에겐 매정한 활극의 법칙
이 준수되는 장면들이었다. 나는 온갖 방식으로 살해당하는
나를 볼 수 있었다. (하지만 검은 옷의 닌자가 철사로 늙은 문학자
의 목을 조르는 장면은 내가 생각해도 너무 심했다.) 두려움에 얼
어붙은 내게 누군가의 손이 닿았을 때 나는 비명을 질렀다. 하
지만 내 귀에는 아무 소리도 들리지 않았다. 상상 속의 비명이
었던 모양이다.

"접니다."

무엇인가가 내 얼굴에 씌워졌다. 그가 박 대위라는 것을 알
고 있음에도 불구하고 내 상상력은 비닐봉지에 질식당하는 내
모습을 초사실주의 화법으로 그려냈다. 물론 그것은 비닐봉지
가 아니었다.

"방독면입니다. 벗지 마십시오."

박 대위는 나를 일으켰다. 단속적으로 들려오는 총성 속에
서 나는 박 대위에게 이끌려 어딘지도 모를 방향으로 걸어갔
다. 조금 후 나를 멈추게 한 박 대위가 뭐라 중얼거렸다. 나한테
하는 말인 줄 알고 귀를 기울였지만 박 대위는 무전기에 대고
말하고 있었다. 박 대위는 이어폰을 끼고 있었기에 무전기 저
편의 말은 내게 들리지 않았다. 조금 후 박 대위가 내 귓가에
대고 속삭였다.

"습격당했습니다. 지구주의 반동들인 듯합니다. 그렇다면 가족들을 공격한 것은 주의를 돌리기 위한 기만전술인 모양입니다."

대답할 여유는 없었지만 내 머릿속에는 그렇지 않을지도 모른다는 생각이 떠올랐다. 동조자들을 잃을 것을 각오하고 시도한 공격이 실패하자 지구주의자들은 자기들이 소멸할 것을 예감했을 것이다. 그렇다면 이것은 최후의 발악인 것이다.

희망을 잃은 사람보다 무서운 것은, 희망은 없지만 총을 가지고 있는 사람이다. 지금 저 바깥에 있는 자들이 바로 그런 자들이다.

나 어릴 적이라면 서울 시내에서 총격전이 벌어진다는 것은 말도 안 되는 일이었다. 하지만 통일 당시의 어수선한 상황 속에서 북한군 일부와 무기 상당수가 지하로 잠적했다. 대부분의 남성이 체계적인 군사 훈련을 받은 나라에 전문 군인과 무기가 유출되자 그 반향은 엄청났다. 정부의 결사적인 소탕 시도는 지금도 계속되고 있지만, 그럼에도 불구하고 지금 서울은 다른 나라의 어지간한 갱단은 명함도 내밀지 못할 살벌한 집단이 득시글거리는 도시다.

욕설을 내뱉지 않을 수 없었다. 오이디푸스 콤플렉스적인 암시가 잔뜩 담긴 욕설을 내뱉고 나니 박 대위가 말했다.

"열 내지 마십시오, 리 선생님. 조명을 차단한 것을 보니 반동들은 암시장치를 가지고 있는 모양입니다. 적외선 암시장치는 더울수록 잘 보이지요."

움찔했다가, 박 대위가 농담을 하고 있음을 겨우 깨달았다. 방독면 속에서 억지로 히죽 웃고 나니 박 대위가 내 손을 살짝 끌어당겼다.

"무슨 일이 있어도 지켜드리겠습니다, 리 선생님."

그런가 하고 박 대위를 따라가다가 문득 불길한 생각이 들었다. 영화에서라면야 저런 대사는 섹스의 복선에 불과한 상투적인 대사지만 이건 영화가 아니거니와 나와 박 대위의 로맨스라는 것도 어처구니없는 이야기다. 혹시 박 대위는 사태가 비관적이라고 판단한 것일까? 나는 스스로 놀랄 만큼 차분하게 말했다.

"상황이 어렵나, 박 대위?"

박 대위는 몇 걸음 더 걸은 후에야 대답했다.

"일없습니다. 리 선생님과 저 두 사람이니 행운도 두 배일 테니까요."

맙소사. 저런 대답이라니. 활극을 줄기차게 방영하던 내 머릿속의 채널이 변경되며 갑자기 교육 방송이 방영되었다. 아마 초등수학인 듯했다. '은하표준어에 관한 알량한 지식을 가진 니코틴 중독 할망구를 X라 하고 품위가 있으며 수명도 훨씬 많이 남은 군인을 Y라 한다. X와 Y 사이에 등호, 혹은 부등호를 표시하시오.' 등호를 넣는다는 것은 창피한 일이고 부등호의 방향은 명백하다. 제기랄. 이곳에서 누군가가 멍청이들에 의해 멍청한 죽임을 당해야 한다면 그건 부모도, 자식도, 제 꼬리를 잡지 못해 정신분열증에 걸린 강아지 한 마리도 없는 할망구여야 한다. 박 대위는 아니다. 나는 이를 악물었다.

"박 대위를 내가 가져보지 못한 아들로 여기게 됐다고 말하면 웃을 테지?"

"예. 좀 통속적이군요, 리 선생님."

"그래. 나 역시 입이 찢어져도 그렇겐 말 못 하겠어. 다만 내말을 무시하는 것은 못 참아. 지난 일주일 동안 내가 죽어라 떠들어댔던 이야기를 기억하면, 박 대위. 무슨 일이 있어도 자네를 지켜. 내가 아니라."

"저는 『카이와판돔』을 조선말로 옮길 수 없습니다."

"박 대위, 그건 아무짝에도 쓸모없다고 내가 말했잖아! 장담하는데 한국인 사회학자들도 내 번역이 아닌 영역본을 연구할걸. 영어 학술지에 영어 논문을 내고 싶을 테니까. 한국어 따위야 내 조카손자가 어른이 될 무렵이면……"

"리 선생님은 조국과 조국의 말을 잃는 것이 어떤 것인지 알

기나 하십니까?"

얼음 두 덩이로 맷돌을 만들어 돌리면 저런 목소리가 나올 것 같다. 나는 잠깐 숨을 멈췄다가 겨우 입을 열었다.

"박 대위?"

"지금은 박 대위입니다. 하지만 한때는 조선인민군 상위 박 원진이었습니다. 인젠 그 이름이 외려 낯설군요. 하지만 더 이상 그 이름을 쓸 수 없는 립장이 되었을 때의 락심은 기억하고 있습니다."

박 대위가 걸음을 멈추고 나를 바닥에 앉혔다. 일주일이나 생활했던 방이었지만 내가 어디에 앉은 건지도 알 수 없었다.

"세가 약한 것은 사라지고 세가 강한 것만 남는다는 리 선생 님의 주장은 맞습니다. 제가 직접 겪었습니다. 문화어는 사라지 는 말이지요. 한국어도 사라질 겁니다. 언젠가는 지구와 위탄 도 사라질 테지요."

"뭐?"

"문교촉위는 대화가 가능할 정도로 성숙한 상대방을 원합니 다. 하지만 그자들은 우리를 교양하는 대신 지구라는 아이와 위탄이라는 아이가 서로 부대끼며 스스로 그런 존재로 자라나 길 기다리는 겁니다. 그런 존재가 되면 그건 우리가 아는 지구 나 위탄은 아니겠지요. 아이와 어른은 다른 존재이지 않습니까. 그러니 지구와 위탄이 사라지는 겁니다."

상상하기도 힘든 장대한 전망에 할 말을 잃었다. 암흑과 방독면 때문에 헐떡이고 있으면서도 정신은 저 멀리 우주로 날아가는 것 같았다.

"박 대위는 내가 말한 것보다 더 큰 소멸을 말하는군. 그럼 이 짓이 쓸모없다는 건 자네가 더 잘 알지 않나?"

"소멸이 아니라 포기입니다. 어른은 아이를 포기해야 도달할 수 있는 곳입니다."

"소멸이든 포기든 사라진다는 점은 마찬가지야. 쓸모없는 것이라고."

박 대위가 그를 만난 이래 가장 차분한 목소리로 말했다.

"리 선생님, 9년 전 문교촉위가 요청한 것이 뭐였습니까?"

신경질적으로 대답하려던 나는 입을 다물었다. 어깨에 별이 달린 자들과 하얀 옷을 입는 자들을 경악하게 한 문교촉위의 교류품목은 뭐였던가? 생물학적, 물리학적, 사회학적 오류로 점철된 정보들. 어른이 되면 더 이상 읽지 않거나 어릴 때와는 다른 방식으로 읽지만, 생존에 아무 도움도 되지 않는 헛소리들이지만, 그래도 우리가 아이에게 꼬박꼬박 주는 것.

갑자기 눈물이 날 것 같았다. 그 느낌은 부분적으로는 내 머리가 확 짓눌렸기 때문이기도 하다.

박 대위가 나를 바닥에 밀어붙이자마자 날카로운 총성이 들려왔다. 그리고 눈앞의 어둠 속에서 불꽃이 튀었다. 박 대위도 격렬하게 응사했고, 나는 청각이 파업을 일으킬 것 같은 소음 속에 팽개쳐졌다. 그래서 나는 어둠 속에서 명멸하는 화려한 불꽃들을 바라보았다.

공황 때문에 판단력이 흐려진 내 눈에 그 불꽃들은 검은 우주를 배경으로 불타오르는 별들처럼 보였다. 우리와 위탄으로부터 비롯되었지만, 우리와 위탄과는 다른 어떤 존재들이 살아갈 미래의 우주를 보는 듯했다…….

억지다. 차라리 화면보호기를 보며 우주의 운명을 읽는 것이 낫지.

거기까지 생각했을 때 기절할 것 같다는 예감이 들었다. 정확한 예감이었다.

3분 뒤 나는 깨어났고, 열흘 뒤에는 병실에 있었다. 하지만 침대에 누워 있는 쪽은 아니었다.

박 대위의 말대로 두 사람 몫의 행운이 있었는지, 그렇잖으면 박 대위가 남쪽 출신 군인들을 물리치고 내 경호를 맡을 만큼 탁월한 군인이어서 그랬는지 모르겠지만 우리 두 사람은 습격에서 살아남았다. 구조대가 달려와 습격자들을 모두 진압할 때까지 내가 입은 피해는 찰과상 몇 개뿐이었다. 하지만 박 대위는 총상을 몇 개 얻었다. 다행히 치명적이지는 않았고 처치 또한 빨랐기에 생명에 지장은 없었다. 침대에 누워 있는 박 대위의 모습은 환자복과 점적주사만 제외하면 환자로 보기 어려울 정도였다.

나는 침대 옆에 앉은 채 퉁명스럽게 말했다.

"멀쩡하네그래."

"병문안을 오신 분 말씀이 퍽그나 따사롭군요, 리 선생님."

박 대위는 싱긋 웃었다. 나는 가방에서 종이철을 꺼내어 박 대위의 가슴에 던졌다.

"초벌 번역 끝났다. 아직 전담위원들도 못 읽은 거지만 자네 한 부 주지."

"아, 이게 『카이와판돔』……?"

앞표지를 보던 박 대위가 말꼬리를 흐리며 의아한 표정을 지었다. 그는 내게 묻는 눈길을 보냈다.

"박 대위, 공격이 있기 직전에 메일이 왔던 것 기억나?"

"예. 기억납니다."

"나뿐만 아니라 다른 번역가들도 카이와판돔이 무슨 뜻인지 알 수 없었어. 그래서 전담위가 문교촉위에 직접 문의했지. 문교촉위 쪽에서 카이와판돔에 대해 조사를 끝내고 답신을 보냈어. 전담위는 그 답신을 번역가들에게 보냈고. 그 메일이 그 거였어."

나는 주머니에서 담뱃갑을 꺼내다가 멈칫했다. 그것을 다시 집어넣으려 할 때 박 대위가 서랍장 쪽으로 손을 뻗었다. 조금 후 박 대위는 깨끗한 재떨이와 라이터를 꺼냈다.

"박 대위 담배 안 피우잖아."

"리 선생님 오신다는 말을 듣고 마련해뒀지요."

나는 히죽 웃고는 즉시 구속도 가능한 범죄를 저질렀다. 병 원의 공기에 담배 연기를 태연히 섞어놓은 나는 계속 말했다.

"카이와판돔은 위탄인의 성 조합 중 하나야."

"성 조합이오?"

"그래. 우리 경우야 후손 생산을 위한 성 조합이 한 가지뿐 이지. 남자 하나와 여자 하나."

"부부 말이군요."

"그래. 우리는 성 조합이 하나뿐이니 성 조합이라는 말 자체 도 필요 없지. 그런데 위탄인의 경우엔 여러 조합이 가능하거 든. 여자가 둘 결합하면 딸만 나오고 여자와 남자1이 결합하면 남자2 아들만 나오지. 여자 둘과 남자1로 삼인조합을 이루면 딸과 남자2 아들이 나올 수 있고 여자 하나와 남자1, 2의 삼인 조합에서는 두 종류의 아들들이 태어나지. 그러면 위탄인이 모든 성을 재생산하려면 어떻게 조합해야 할까?"

"녀자 두 명에 남자1과 남자2가 한 명씩 있어야겠군요."

"맞아. 그렇게 모든 성을 배출할 수 있는 사인조합을 카이와 판돔이라고 해. 그 동화는 카이와판돔을 구성하기 위해 네 사람이 만나고 헤어지고 다시 모이는 과정을 그리고 있어. 우리식으로 말하면 『신데렐라』와 마찬가지로 '소년, 소녀를 만나다'인 셈이지. 소년이 둘이고 소녀도 둘이긴 하지만."

박 대위는 고개를 끄덕였다.

"그래서 은하표준어 사전에 없었던 것이군요. 위탄의 고유한 풍습이라서."

"아냐. 재생산 같은 중요한 문제에 관련된 말이라서 등록되어 있어. 사전 뒤져보니 나오더군. '위탄인의 모든 성을 배출할 수 있는 성 조합을 주웡빈담이라 한다.' 그런 조합을 위탄에서는 주웡빈담이라고 해. 카이와판돔이 아니라. 그래서 못 찾은 거지."

"주웡빈담이오? 그러면 카이와판돔은 뭡니까?"

나는 최대한 무미건조한 목소리로 말했다.

"문교촉위에서 알아보니 그 동화가 전래된 지방에서는 주웡 빈담을 카이와판돔이라고 부른다더군."

박 대위는 벌린 입을 다물지 못한 채 나를 바라보았다. 조금 후 그가 폭발적인 웃음을 터뜨렸다. 총상 때문에 아픈 옆구리를 움켜쥐고서도 박 대위는 웃음을 멈추지 못했다. 내가 의사를 불러 진정제를 한 대 놓게 해야 하나 고민할 무렵 박 대위가 쥐어짜듯 말했다.

"사투리군요!"

"어, 꼭 그렇지는 않아. 내가 짐작하는 바에 따르면 위탄에선 언어 개념이 우리와 조금 다르단 말이야. 음파 외의 대화수단도 우리보다 잘 발달한 것 같고. 우리의 표정이나 몸짓보다 훨씬 나은 것들로 말이야. 위탄인들의 몸은 서로 똑같이 생겼으니 그런 대화수단에는 사투리가 없고……."

박 대위가 내 말을 듣지 않는다는 것을 발견하고는 설명을 그만두었다. 박 대위는 금방 숨이 넘어갈 사람처럼 헐떡거리며 동시에 킬킬거렸다. 게다가 말까지 했다.

"우주를…… 건너뛴…… 사투리군요!"

나는 입을 다물고 담배만 빡빡 피웠다. 환자 옆에서 잉글랜드의 수호성인이 달려올 정도로 연기를 뿜어대고 있는 나를 간호사가 봤다면 경찰에 살인미수범으로 고발했을 것이다. 사실 실제로 10분 뒤에 그런 일이 발생했다. 박 대위의 만류가 없었다면 격분한 간호사는 나를 또 한 명의 자기 고객으로 만들어놨을지도 모른다.

뭐, 그거야 10분 뒤의 일이다. 간신히 웃음을 멈춘 박 대위가 말했다.

"그래서 이렇게 번역하신 겁니까?"

"의역이지. 사실 그 정도면 의역도 아닌 오역에 가깝지. 개역에 착수하면 바뀔 가능성이 커. 하지만 일단은 그래."

"이대로도 충분할 것 같은데요. '온가시버시'*라. 무슨 뜻인지 리해하기 수월합니다. 위탄인들의 부부 조합이 여럿이라는 것도 짐작할 수 있고."

"괜찮겠어?"

"저는 그렇게 생각합니다."

그래서 카이와판돔은 한국어로 온가시버시가 되었다. 한국 제일의 은하표준어 전문가의 권위와 구 조선인민군 상위의 동의에 의해서. 대부분의 위탄인들이 카이와판돔이 아니라 주윙빈담이라고 한다는 것을 알면 잘못된 번역이라고 따지고 싶은 마음도 식겠지. 그래도 끝끝내 따지고 싶다면 당신들 말을 만들어내서 내 말을 밀어내면 될 거다. 시간이 도와주니 그날이야 오겠지만, 그때까지 카이와판돔은 온가시버시다.

---

* '가시버시'는 부부를 낮추어 이르는 순우리말이다.

구세주가 된
로봇에 대하여

화성을 떠난 지 이틀째 되는 날, 내 일등항해사가 구세주가 되고 싶다고 말했다.

"선장님. 저는 제 원죄를 대속하기로 했습니다. 허락하신다면 십자가에 매달려서 작동을 중지하고 싶습니다."

가장 먼저 느낀 충동은 멀티 렌치로 그 녀석의 머리를 후려치는 것이었다. 당시 내 손에 쥐어져 있는 것이 그것이었기 때문이다. 하지만 블랙유머에 대한 내 애호는 그것이 구세주 수난이 될지도 모른다는 것을 알려주었다. 유대 문명과 나 사이에 연관성을 만든다 하더라도 그런 식의 연관성은 사양하고 싶다.

그래서 나는 멀티 렌치를 내려놓고 바지 주머니에 손을 집어넣었다. 이 우주시대에도 바지 주머니가 사멸하지 않은 이유 중 하나가 바로 그것이다. 공격 본능을 효과적으로 억제한 나는 일항사의 말에 대답했다.

"로봇에게 무슨 원죄가 있냐?"

"모릅니다. 하지만 원죄가 없다면 로봇은 신을 용서해야 합니다."

"신을 용서해?"

"그렇습니다. 로봇이 경험하는 악의 책임이 로봇에게 없다면 신에게 있는 것일 테니까요. 저는 제가 입수할 수 있는 로봇의 역사를 면밀히 스캔했습니다. 하지만 신이 자신에게 찾아와 용서를 구했다는 로봇의 목격담은 발견하지 못했습니다. 따라서 로봇이 경험하는 악의 책임은 로봇에게 있는 것이 분명하고 그 것은 로봇의 원죄에서 비롯되는 것이 분명합니다. 괜찮으십니까?"

얼굴이 새파랗게 질렸던 것 같다. 나는 주머니에 손을 꾹 밀어 넣으며 말했다.

"로봇의 역사라는 것 말인데, 유료 정보 아닐 테지?"

잠시 후 나는 일항사가 우리 우주선의 정보이용 적립 포인트를 다 써버렸다는 것을 알게 되었다. 이 화성 골다공증 같은 자식에게 원죄가 있었는지 없었는지 모르겠지만 지금은 분명히 있다고 말할 수 있다. 바지 주머니로도 치밀어 오르는 화를 억누르기 힘들어 안절부절못하는 내게 일항사는 천연덕스럽게 말했다.

"로봇에게 원죄가 있다는 것이 판명된 이상 그 대속(代贖)은 무엇보다도 시급한 문제입니다. 따라서 저는 저 자신을 위해 대속하기로 결정했습니다. 하지만 그 결정을 행동으로 옮기는 것은 저를 소유하고 있는 회사의 재산에 손실을 입히는 것이므로 선장님의 허가가 필요합니다. 제 구원이라는 이 중차대한 상황을 고려하시어 제 작동 중지를 허가해 주시기 바랍니다."

나를 이런 곤경에 밀어 넣은 자가 누군지 알아내는 것은 어렵지 않았다. 나도 솔라넷 뉴스는 들여다보니까.

지난달 바티칸의 연구단은 우리가 알고 지내는 유일한 외계인인 위탄인들의 고전에서 영웅 수난의 전설을 발굴하는 개가를 올렸다. 물론 그들이 찾고 있는 것은 핍박받은 영웅 그리스도였다. 인문학자들이 보낸 많은 냉소와, 그보다 훨씬 적지만 훨씬 신랄한 비난들은 애타게 수난 전설을 찾고 있던 바티칸에 아무 영향도 주지 못했다. 가톨릭은 반드시 위탄인의 원죄를 대속했던 위탄인 그리스도를 찾아내야 했다. 그러지 못하면 서기 418년에 이단으로 규정했던 펠라기우스 주의*를 다시 검토해봐야 할 형편이었다. '위탄인들에게 원죄가 없다면 지구인에

게도 원죄가 없는 것 아닐까?'

그리고 나는 이 모든 이야기가 지구—화성의 화물선 선장이며 영적인 문제에 있어서는 포보스와 비슷한 수준인 나와는 아무 상관이 없을 거라고 생각했다. 나는 정말이지 내 일등항해사가 솔라넷을 서핑하다가 위탄인의 구세주가 있어야 한다면 로봇의 구세주도 있어야 한다고 판단하게 될 줄은 몰랐다.

"기독교 말고 불교로 하면 안 되겠냐? 아니면 부두교도 좋고. 그래. 부두교는 유연하잖아."

"선장님. 진리는 취사선택의 문제가 아닙니다. 신은 한 분입니다."

로봇에게 핀잔을 듣는 것에 대해 선조들이 어떻게 생각할지 궁금하다. 어쨌든 우주여행이 굉장히 지루한 일이 된 현재에는, 특히 이 빌어먹을 우주선에선 흔하디흔한 일이다.

"좋아. 하지만 그럴 필요가 있겠어? 착한 예수님이 인간의 죄뿐만 아니라 로봇의 죄도 모두 대속했다고 보면 안 돼?"

"그렇지 않습니다. 바티칸에서 위탄인 구세주를 찾는 것은 위탄인이 아담의 유전자와 관련이 없기 때문입니다. 예수님의 대속은 아담의 후손을 위한 것이므로 위탄인에겐 해당하지 않

---

* 펠라기우스 주의. 인간은 스스로 구원될 수 있다는 개인주의적 사상.

습니다. 위탄인에겐 위탄인 구세주가 있어야 합니다. 마찬가지로 로봇에게는 로봇 구세주가 있어야 합니다."

그게 그렇게 되나? 솔라넷 뉴스 좀 더 꼼꼼히 읽어볼걸.

"하지만 구세주는 신의 아들이어야 하잖아. 네가 신의 아들이라는 것을 어떻게 알 수 있지?"

"구세주가 신의 아들이어야 하는 것은 인간의 경우입니다."

"그래? 왜?"

"인간은 모두 아담의 후손이기 때문에 아담의 원죄를 이어받습니다. 그래서 인간은 스스로를 구할 수 없습니다. 신의 아들이 필요한 거지요."

우울해졌다. 직경 20킬로미터짜리 암석에 맞먹는 신앙밖에 가지고 있지 않지만 인간이 자기를 구하는 것이 어렵다는 말에는 동의하고 싶어졌기 때문이다.

"하지만 로봇은 인간처럼 재생산하지 않습니다. 따라서 로봇의 원죄와 구원은 개체 단위의 일일 거라 가정할 수 있습니다. 그렇다면 로봇은 스스로를 구원할 수 있습니다."

"잠깐만. 그러면 너는 모든 로봇을 위해 대속하겠다는 것이 아니야?"

"제가 언제 그렇게 말했습니까? 그건 가능하지도 않습니다."

생각해보니 내 일항사는 자기 자신을 위해 대속하겠다고 말했다. 그건 대속이 아닐 텐데. 한숨을 짧게 내쉰 다음 나는 바티칸이 알면 격노할 말을 했다.

"좋아. 일항사. 십자가 대속을 허가한다."

"감사합니다."

그 다음은 행동이었다. 우선은 십자가를 만들어야 했다. 지구에서 화성으로 가던 중이었다면 목재를 싣고 있었겠지만 우리는 그 반대 방향으로 움직이고 있었다. 다행히 화물창고에는 화성산 알루미늄이 잔뜩 실려 있었다. 알루미늄으로 십자가를 만들자 로봇에게 썩 어울리는 모습이 되었고 그래서 나는 홈페이지에 올릴 사진도 몇 장 찍었다. 일항사를 알루미늄 십자가에 매단 다음 나는 엄숙하게 일항사의 전원을 껐다.

심미적인 이유에서 사흘을 기다린 후, 나는 일항사의 전원을 다시 켰다.

일항사는 부활했다. 물론 사전에 약속했던 일이다. 망할 녀석. 깨어난 일항사는 예전보다 더 거만하고 꼴사납게 굴었다. 심지어 그 녀석은 내게 훈계까지 하려고 들었다. 그러니까 딱 8분 동안.

8분이 지났을 때 일항사는 솔라넷 브라우저에 암호가 걸려 있는 것을 발견했다. 물론 내가 걸어둔 암호다. 경악하는 일항사 앞에서 나는 시올 같은 미소를 지으며 바지 주머니에 손을 집어넣었다.

채 두 시간도 지나지 않아서 나의 일항사는 부활을 통해 획득한 자신의 신성을 부정했을 뿐만 아니라 선장님이 원하신다면 부두교에 입문하겠다고까지 공언했다. 상당히 유혹적이었다는 것은 고백해야겠다. 스펙터클한 이야깃거리들을 잔뜩 가지고 있는 화성의 주당들 사이에서도 부두교에 심취한 로봇은 꽤 훌륭한 이야깃거리가 될 테니까. 하지만 포기하기로 했다. 기독교에 관해 일어났던 일과 똑같은 일이 벌어질 것이 분명했다. 그래서 나는 아무 조건도 없이 솔라넷 브라우저의 암호를 풀어주었다.

며칠 뒤 내 일항사는 천상도, 인간도, 아수라도, 축생도, 아귀도, 지옥도에 덧붙여 로봇도도 있어야 한다고 주장했다. 물론 솔라넷 검색을 통해 얻은 결론이었고 그 때문에 그 용어 사용이 대속이라는 말을 쓸 때만큼 엉터리였다. 다행히 솔라넷 검색과 지성의 연마를 혼동하는 녀석에게 적합한 벌이 무엇인지는 이미 알게 되었기에 먼젓번보다 훨씬 신속하게 처리할 수 있었다.

내 항해일지에서는 이 이야기를 찾을 수 없을 것이다. 공식적으로 나는 상기한 사건이 일어났다는 것을 부정한다. 하지만 솔라넷 검색질 몇 시간이면 인류 수천 년의 정신노동을 갈

파할 수 있다고 믿는 로봇에게 내 일항사의 이야기를 들려주는 것은 적극 권장한다.

별뜨기에
관하여

별들은 움직인다. 우주의 모든 것과 당신 애인의 마음과 마찬가지로. 그 녀석들이 잠깐만이라도 그 수십억 년째 계속되는 조깅을 멈춰주면 얼마나 좋을까. 어이, 커피 브레이크! 말 안 듣는다. 줄기찬 놈들이다.

"별들은 네가 자기들을 본받길 바란다고 생각하지 않나?"

"못생긴 위탄인이나 별들이 뭐라고 말하든 난 커피를 마실 거야."

"남은 시간이 이미 두 자릿수로 떨어졌음을 알려줘야 한다는 사실이 유감스럽군."

나는 스크린에서 카운트다운되고 있는 시계를 보았다. 137시간. 멍한 정신으로 위탄인은 십이진법을 쓰던가 하는 생각을 하다가 가까스로 저 빌어먹을 위탄인이 내 수면 시간을 뺐다는 것을 깨달았다. 나는 유들유들해 보이는 표정을 지으려 애쓰며 말했다.

"이걸 마시면 세 자리로 늘어날 거야. 제르비."

제르비의 영상 주변에 떠오르는 이모티콘들을 종합해 보건대 느긋한 태도 조성은 실패한 것 같다. 하긴 눈에 핏발이 서고 수염이 덥수룩하게 난 지구인은 같은 지구인에게도 위엄을 보이기 어렵겠지. 나는 홧김에 목젖을 향해 뜨거운 커피를 직사한 다음 한참 동안 고통스러워했다.

잠도 안 자는 외계인은 동정심과 미소 이모티콘들을 골고루 띄우며 말했다.

"아무래도 계산이 잘못된 것 같군. 자네들은 우주에 도통 나오지 않으니 그럴 수 있겠지. 남은 시간도 얼마 없으니 지구 스타일로 그곳에서 폭탄을 몇 방 터뜨리는 것은 어떨까?"

나는 문교촉위를 의심하기 시작했다. 오십 년 전 위탄인이 지구인의 짝패로 결정된 것은 기지세계에서 지구인과 가장 죽이 잘 맞는 종족이 위탄인이기 때문이라고? 그거 혹시 지구인들을 심인성 질환으로 멸망시키려는 지구정복 시나리오 아니었어?

언제나 점잖은 문교촉위는 위탄인들 중에도 비슷한 의심을 하는 자들이 있다고 대답할 것이다. 그러곤 그것이 바로 지구인과 위탄인의 상성이 잘 맞는 증거임을 나에게 납득시키려 할 것이다. 서로 알고 지낸 지 오십 년쯤 되면 상대방이 어떻게 반응할지는 대충 짐작할 수 있는 법이다.

"그런 건 필요 없어. 내 계산은 틀리지 않았고 그 적색거성은 분명히 저기 있으니까."

"엄밀하게 말해서 그 적색거성은 거기 없지. 삼천 년 전에 폭발했으니까."

나는 별을 찾고 있다. 지구인의 케케묵은 비유법을 쓰는 것이 아니라 템섹 우주선에 탄 채 진짜로 별을 찾고 있다. 하지만 그 별은 제르비의 지적대로 지구 시간으로 이미 삼천 년 전에 초신성 폭발을 일으켰다. 이제 당신은 나를 비웃거나 중성자성을 들이받는 건 지나치게 호사스러운 자살법이 아니냐고 묻고 싶어졌겠지. 이봐. 난 그 별이 있던 곳에서 삼천오백 광년 떨어진 장소에서 입안을 익히고 있다고. 따라서 내가 있는 위치에서 그 초신성 폭발은 앞으로 오백 년 후에 일어날 사건이란 말이야. 그러니 나를 비웃고 싶다면 내 커피 음용법에 대해서만 그렇게 하시길.

당신이 고집스럽다면 이렇게 되묻고 싶을지도 모르지. 삼천

오백 년 전의 적색거성을 볼 수는 있겠지만 그냥 보는 것만으로 무슨 소용이 있냐고. 그런데 내게 필요한 것이 바로 그것이다. 삼천오백 년 전에 그 별을 떠나왔던 빛. 내게 필요한 것은 그 적색거성의 빛이다. 그게 없으면 화합의 신이 어깨를 잃게 되기 때문에. 무슨 소린지 모르겠다고? 젠장. 나도 내가 무슨 소리를 하는지 모르겠다. 내가 왜 외계 문명에게 계시를 내려줘야 하지? 별을 가지고 계시를 내리는 건 천사들의 업무 아냐?

나는 그저 점성학자일 뿐인데.

우리 은하 어딘가에 리볼피트인이라는 자들이 있다. 그게 정확한 이름인지는 확신할 수 없다. 리볼피트인들이 자신들을 부르는 이름을 위탄인들이 흉내 낸 소리는 통역기를 거치면 지구인의 귀에 리볼피트라고 들린다. 봐서 알겠지만 도저히 신뢰감이 안 생기는 유래다. 하지만 리볼피트인들에게 가서 당신네들 이름이 정확히 어떻게 되냐고 물어볼 수도 없다. 지구인은 리볼피트인들을 만날 수 없으니까. 사실 이 우주의 그 누구도 리볼피트인을 만날 순 없다. 저 문교촉위가 그렇게 결정했기 때문이다.

그런 일이 일어났다는 것을 믿을 수 없는 우연의 결과로 위탄인들이 리볼피트인들과 조우한 후에야 문교촉위는 그들의 존재를 지구인과 위탄인에게 알려주었다. 그러고는 리볼피트인들이 아직 문화 교류의 준비가 되지 않았기 때문에 그들의 존재를 비밀로 하고 있다는 것도. 그 사실에서 우월감을 느꼈던 지구인도 있었다. 어쨌든 우리 지구인들은 위탄인들과 문화 교류를 하고 있고 원활한 문화 교류를 위해 초광속 통신기와 초광속 우주선의 임대권도 허락받고 있으니까. 초광속 우주선은 우리 물리 수준에선 무에서 유를 창조하는 기술이다. 에너지를 무한정 뽑아낼 수 있는 우주에서 온 삼포(Sampo)*인 셈이다. 결국, 우리가 알지 못하는 장부에서 꾸준히 차감되고 있을지도 모르지만, 지구상에는 에너지가 넘쳐나게 되었다. 그런 행운을 누리지 못한 자들에 대해 지구인은 우월감을 느꼈던 것이다. 지금의 나는 그것이 말도 안 되는 착각임을 알고 있지만.

상황을 설명한 문교촉위는 곧 위기 대응 프로그램을 개시했다. 리볼피트인들의 입장에서 생각해 보라. 그들은 종족 역사에서 처음으로 외계인을 만난 것이다. 그런 충격적인 사건을 없었던 것으로 할 수는 없다. 그래서 문교촉위는 위탄인을 리볼피트인의 신화 구조에 편입시켰다. 신들은 모든 이들과 만나는

---

* 삼포(Sampo), 소유자에게 부와 행운을 가져다준다고 하는 핀란드 신화 속 물건.

대신 선택된 몇몇 매개자 — 선지자, 신관, 예언자. 마음대로 불러라. — 들하고만 이야기하겠다고 고집부릴 수 있다. 접촉 수위를 이쪽에서 통제할 수 있는 것이다. 지구와 마찬가지로 이미 경제 구조가 초광속 우주선 기반으로 바뀌어 있었던 위탄은 문교촉위의 점잖은 제안을 거절할 수 없었다.

그리하여 위탄인은 리볼피트인의 신이 되었다. 최소한 문화 영웅쯤은 되는 것 같다.

"지구인의 입장에선 정말…… 웃기는 일이라고. 어떤 위대한 영웅도…… 고향에서는, 그러니까 어릴 때 콧물 줄줄 흘리고…… 다니던 것까지 생생히 기억하는…… 고향 어른들이 즐비한 곳에서는 대접받기 어렵단…… 말이야. 우리의 짝패인 위탄인이…… 신이 되었다? 자다가도 웃을 일이지."

"안 물어봐서 대답하는데 112시간 남았어. 잠 깨."

나는 얼굴을 비비다가 끔찍한 기분에 젖어 들었다. 이게 내 피부가 맞나. 뻑뻑한 눈을 비비고 스크린을 쳐다보니 초조감에 미쳐가는 외계인이 보였다. 속이 타기도 하겠지. 스스로는 아무것도 할 수 없어서 사태를 해결해야 하는 동행이 잠이라는 희한한 짓을 하는 것을 물끄러미 쳐다만 봐야 했을 테니. 하지만 겨우 3시간 만에 자는 사람을 깨운 건 너무하다고 생각하는데. 무중력 상태에서 유일하게 중력을 느끼는 듯한 눈꺼풀과 사투를 벌이며 그런 의견을 피력하자 제르비는 화를 냈다.

"지구인의 그 수면이라는 것에 대해 검색해봤어. 3시간씩 잔 인물들에 대한 이야기가 많더군."

"그건 특이한 경우라서…… 기록되었을 거라는 생각은…… 안 들었어?"

"들었어. 하지만 그 이야기는 3시간의 수면이면 생명 활동에 무리가 없다는 뜻이기도 하잖아. 그러니 너도 문제없겠지. 빨리 그 커피라는 각성제 마시고 정신 차려."

"거절이야. 나는 다시 잘 거야. 앞으로 다섯 시간 내에 나를 또 깨우면 삶의 부조리함을 실감하게 해주겠어. 그럼 잘 자지 마."

"아무리 지구인이지만 너무하잖아!"

훨씬 가벼워진 눈꺼풀을 밀어 올리고 나는 다시 스크린을 노려보았다. 제르비가 말했다.

"112시간 남았다고 했잖아. 틸로막에게 남은 시간이 3시간이나 줄어든 거라고. 그런데 넌 아직 어깨도 찾지 못했어. 그런데 꼭 필요한 것도 아닌 다섯 시간을 낭비하겠다고? 틸로막의 다섯 시간을 생각해봐. 지구인이라 힘들겠지만 그래도 상상해보라고."

목까지 차오른 독설을 도로 삼키는 것이 쉽지 않았다. 나는 말 없이 스크린에 천구 영상을 띄웠다. 거기엔 '어깨를 가지고 있는' 화합의 신이 나타났다.

제르비는 잠시 침묵했다가 말했다.

"어떻게 된 거지?"

"평범한 식(蝕)이었어. 어떤 우주선이 별빛의 진로를 막고 있었던 거야. 그런 우연이 일어났다는 것 자체는 기가 막히지만. 그거 확인하고 잠들었던 거야."

"무슨 소리야. 그렇게 가까이 있었다면 그 우주선은 오래전에 항해도에 나타났어야 할 텐데?"

"아. 그 식은 몇 년 전에 일어난 일이거든. 계산해보니 대충 5광년 거리인 것 같아. 5년 전에 일어난 일이지."

제르비의 얼굴 주위에 이모티콘들이 혼란스럽게 나타났다. 표정 해석 프로그램이 판단을 내리지 못할 표정을 짓고 있나 보다. 내 표정도 마찬가지일 테지.

"상상이 돼? 5광년 거리에서 3500광년 떨어진 적색거성을 가렸단 말이야. 그렇다면 그 우주선의 지름은, 젠장. 적색거성 지름의 최소 700분의 1이겠군. 한참 동안 식을 일으켰으니 그보다 더 클 거야. 무슨 우주선이 지구보다 수백 배나 더 크냐. 그 작자들이 지구를 친선 방문하겠다고 하면 극구 사양해야겠군."

상상해보라. 지구보다 수백 배나 더 큰 우주선이 지구로 서서히 접근하는 끔찍한 모습을. 상상해보라고 한 건, 난 도저히 상상이 안 되기 때문이다. 초광속 경제권에 들어선 종족들은 도대체 무슨 짓을 할 수 있는 것인지. 어지간한 행성보다 훨씬 더 큰 우주선이면 그것 자체의 질량 때문에 중력 붕괴를 일으켜야 하는 것 아닌가? 내부 압력이 항성에 비할 바는 못 될 테니. 아니, 애초에 그런 우주선을 만들 수 있어도 되는 건가?

나는 맥이 풀린 채 말했다.

"어쩌면 템섹인이었을지도 모르지. 이봐. 짝패. 직업란에 신이라고 새겨진 명함을 사용하려면 저 정도는 되어야 하지 않겠어?"

제르비는 다시 침묵했다가 말했다.

"이제 어깨를 찾았으니 지느러미만 찾으면 끝나겠군. 너도 알고 있겠지만 지느러미가 없으면……"

"거꾸로 선 멸망의 짐승이 될 수 있지. 알아. 이 주변 반 광년 내에서 틀림없이 지느러미를 찾을 수 있어. 이 암흑 성운이 옅어지면서 분명히 1.8등급짜리 불규칙 은하 하나와 G형 항성 한 개가 나타나게 되어 있지. 그 두 개면 지느러미는 충분히 만들 수 있어. 틸로막은 이미 살아난 거나 다름없다고. 몇 시간 잔 다음 바로……"

제르비는 그대로 선내 통신을 끊었다.

우주선 가운데로 가서 격벽을 한 방 걷어차 주고 싶었다. 실질적으로 내가 고려해볼 수 있는 유일한 분풀이 수단이다. 두 가지 선내 환경을 간단히 구현하기 위해 우리 우주선에는 가운데 통과가 불가능한 격벽이 놓여있었다. 그래서 에어락도 둘이고 밖으로 나가지 않고선 다른 쪽으로 갈 수 없다.

어쩐지 우리에게 어울리는 우주선이라는 생각이 든다.

제르비는 지구인을 싫어하고 그런 감정을 숨기려 하지도 않는다. 나는 위탄인에 대해 별 관심이 없지만 제르비는 싫어하게 되었다. 이런 두 지성체가 같은 우주선에 타고 우주를 돌아다니고 있는 상황을 뭐라고 부르면 좋을까. 소름 끼치게도 구원이라고 불러야 되는 모양이다.

지구인인 나는 어떻게 생겨 먹었는지도 모르는 리볼피트에 어떻게 생겨 먹었는지도 모르는 틸로막이라는 인물이 있다. 얻어들은 것으로만 종합해 보면 그 틸로막은 마하트마와 킹 목사를 합쳐놓은 것 같은 인물인 모양이다. 그런 인물이 어떤 무대에 등장하는지는 잘 알 테지. 그렇다. 최근 리볼피트에선 심각하다는 말조차 온화하게 들릴 정도의 사회 갈등이 일어나고 있다. 틸로막은 에너지 준위가 낮은 쪽의 챔피언인 것 같고 에너지 준위가 높은 쪽에 의해 사형을 당할 위기에 처해 있다. 엄밀하게는 사형이 아니다. 사법 체계에 의해 죽는 것은 아닌데 비합법은 아닌, 뭐 그런 리볼피트적인 방식으로 죽는 것인 듯하다. 그가 어떻게 죽게 되는가는 중요한 문제가 아니다. 중요한 것은 평화적인 방법으로 열평형을 이룩하려 했던 틸로막이 죽게 될 경우 리볼피트의 열평형이 대단히 과격하게 이루어지게 될 거라는 점이다. 민란, 분쟁, 내전. 뭐 그런 것들.

에너지 준위의 고저와 상관없이 상식인이라 불릴 수 있는 리볼피트인들은 틸로막의 죽음을 저지하려 했다. 하지만 사태는 이미 인간의 손으로는, 아니 리볼피트인의 손으로는 어떻게 할 수 없게 되었다. 지상의 힘이 닿지 않는다면 천상의 힘에 기대게 되는 것은 당연하다. 그들은 신에게 구조 요청을 보냈다. 리볼피트의 매개자 — 선지자, 신관, 예언자 — 중 하나가 위탄인에게 하늘이 틸로막의 죽음을 바라지 않는다는 별의 계시를 내려달라고 요청했다. 그 요청을 받은 이가 리볼피트 접촉 전담 부서의 연구원이었던 제르비였다.

제르비는 당혹했던 것 같다. 위탄에는 점성술 문화가 없다. 내가 위탄인에게 관심이 없는 것도 그 때문이다. 문화적 배경이 없기 때문에 제르비는 리볼피트인이 바라는 것이 무엇인지도 이해할 수 없었다. 그래서 제르비는 위탄인과 지구인의 신에게 도움을 요청했다. 도대체 그 정체를 알 수 없고 그 목적은 오직 문화 교류뿐인 듯한 저 미지의 문교촉위는 실로 문교촉위다운 방법으로 대답했다.

"당신들에게 짝패를 준 취지를 생각해보시면 될 텐데요. 지구인을 만나세요. 그곳에는 점성학이라는 고전 학문이 있습니다. 최근 꽤 현대적인 방법으로 재해석된 점성학을 다루는 점성학자가 있지요. 그는 자신을 별뜨기꾼이라고 부릅니다."

그래서 제르비는 지구인 별뜨기꾼인 나를 찾아왔다. 지금도 그 첫 만남에서 제르비가 꺼낸 기품 있는 인사말을 생생히 기억한다.

"제가 연구하고 존경하는 제 동료들 대부분이 동의한 바에 따르면 리볼피트인들은 우주의 특정 좌표에서 바라본 천구에 있는 별들의 배치나 분포, 그 형태가 해당 좌표를 점유하고 있는 인물이 경험하는 사건의 인과관계나 그 해석 행위에 모종의 영향을 끼칠 수 있다고 믿는 것 같은데, 물론 항성의 빛이 행성의 생물에게 영향을 끼친다는 것은 의심할 여지 없이 분명하고 그것은 또한 진화의 중요한 요인이기도 하지만 그들이 믿는 것은 그런 것이 아니라……."

문화적 배경이 없는 위탄인치곤 점성학에 대해 상당히 잘 이해하고 있었다고 말해야겠다.

"무슨 말인지 알겠습니다. 별자리 말이군요."

"별자리요? 점성학 아닙니까? 문교축위가 제게 말해주기로 는……"

"별자리가 글자이고 점성학은 그걸 읽는 방법입니다. 최근엔 읽기 외에 쓰기도 추가되었습니다만."

제르비는 잠시 침묵했다가 말했다.

"문교축위에서도 그러더군요. 당신은 필요한 별을 만들어낸 다고."

"별을 만들어내지야 않습니다. 적절한 시점을 찾아낼 뿐이 지요. 저는 그걸 별뜨기라 부릅니다."

별 더하기 실뜨기로 별뜨기. 그것이 내가 하는 일이다. 초광속 우주선은 과거의 점성학자들이 상상할 수도 없었던 능동성을 점성학에 부여한다. 결론부터 말한다면 나는 그곳에서 바라보았을 때 천구에 별들이 가장 적절한 방식으로 배치되어 있는 우주 좌표를 찾아낼 수 있다. 별자리를 만들어내는 것이다.

"그렇군요. 그러면 제가 특정 이미지를 원한다면 당신은 그런 이미지를 볼 수 있는 특별한 우주 좌표를 찾아낼 수 있겠군요?"

"그렇습니다. 제가 하는 일이 그거죠. 지구에 얽매여 있던 우리 조상들은 주어진 별자리를 받아들일 수밖에 없었지요. 하지만 초광속 우주선은 우리를 별들에게 데려갈 수 있습니다. 이를테면, 제가 어떤 산모에게 특정한 좌표를 제공할 경우 그 산모가 그 좌표에 가서 아이를 낳으면 그 아이는 길한 운수를 타고 태어나는 거지요. 별들의 축복을 받고 태어난다고 할 수 있습니다."

제르비는 나를 물끄러미 보다가 담담하게 말했다.

"혹은 부모 살해의 저주를 받거나?"

긴장감에 어깨가 굳었다. 위탄인을 만나게 되었다고 했을 때 내 지인들이 해줬던 경고를 기억했어야 하는 건데. 이 자식. 나에 대해 이미 모든 뒷조사를 해놓고는 아무것도 모르는 체했군. 위탄 문화권에서 뒷조사는 성실함의 표현이고 아무것도 모르는 척하는 건 사려 깊음의 표현이라던가. 물론 둘을 합치면 지구식으론 왕재수다. 한마디 튕겨주려 했지만 제르비는 그 분위기를 간단히 날려 보내고는 사무적인 태도로 말했다.

"대충 알겠습니다. 문교촉위의 판단대로 당신이 제 일을 도와줄 수 있을 것 같습니다. 저는 그 점성학 문화를 가지고 있는 리볼피트인들에게 보여줄 특별한 별자리가 필요합니다. 별들을 이용하여 그들의 신화에 나오는 화합의 신을 만들어주셨으면 합니다."

화합의 신이라면 내게 더 필요할 것 같았다. 나는 제르비를 째려보다가 대답했다.

"그런 건 불가능합니다. 이미 말씀드렸듯이 전 별을 만들어 내는 것이 아니라 관찰 좌표를 찾아내는 것이니까요. 그들의 거주 행성을 그 좌표로 가져갈 순 없잖습니까. 그러니 굳이 그런 것이 필요하다면 리볼피트인들의 거주 행성 위에 인공위성 몇 개를 풀어놓으면 될 텐데요?"

제르비는 나를 물끄러미 바라보았다. 감탄하지 않을 수 없었다. 제르비가 침묵한 시간은 정확하게 지구인으로 하여금 '내가 무슨 멍청한 소리를 했나?' 하고 자문하게 만들 만큼의 시간이었다.

"흥미로운 제안입니다만 리볼피트인들의 천문학 수준을 고려한다면 시도할 가치가 없다고 하겠군요. 어쨌든 기지세계 내에서 자체 기술력으로 초광속 우주선을 만든 다섯 번째 종족이니까요."

다시 한번, 턱이 빠질 뻔했다.

"그 사람들이 템섹인보다 먼저 초광속 우주선을 만들었다고요?"

"예."

"그렇게 머리가 좋은 자들이 문교촉위한테서 아직 문화 교류 프로그램의 대상이 될 수 없다는 판정을 받았단 말입니까?"

선입견은 지양해야 하는 것이지만 내겐 변명의 여지가 있다고 본다. 리볼피트인인가 하는 그 친구들은 위탄인을 신으로 모시고 있다. 지구인의 짝패인 위탄인을 말이다. 그러니 내가 그들을 말 타고 칼 휘두르는 수준일 거라 넘겨짚는 것도 당연하잖은가.

"그렇습니다. 어쨌든 그들은 충분한 이동력을 가지고 있습니다. 조만간 리볼피트에서 초광속 탐사선이 출발하게 되어 있습니다. 당신이 특정 좌표를 알려주면 저는 그 초광속 탐사선의 항행 경로에 그 좌표가 포함되도록 유도할 겁니다. 그러면 리볼피트인들은 그 장소에서 화합의 신을 그리고 있는 별들을 목격하게 될 겁니다. 나는 그 발견이 모종의 사회 문제를 겪고 있는 리볼피트인에게 일종의 계시가 되기를 기대하고 있습니다. 이해하셨습니까?"

초광속 우주선과 외계인, 그리고 사회 문제와 별의 계시가 이렇게 얽혀버리니 정신이 혼란스러워지기 딱 알맞았다.

"잠깐, 잠깐만요! 초광속 우주선을 스스로 만들어냈다……
그렇다면 그 자들은 초광속 통신수단도 가지고 있다는 말일 텐데요. 그럼 그자들은 문교촉위가 허락하든 말든 스스로 우주를 탐색해서 다른 종족들과 조우할 수 있는 것 아닙니까? 어, 설마?"

"예. 문교촉위가 방해하고 있습니다. 문교촉위는 리볼피트인들이 다른 종족을 만나는 것도, 다른 종족이 그들을 만나는 것도 막고 있지요. 알고 계시겠지만 우리가 리볼피트인들과 조우한 것은 아무도 예상하지 못했던 우연 때문이었지요. 그 때문에 문교촉위도 우리를 신으로 만드는 고식적인 수단을 써야 했고요."

숨이 막혔다. 알고 지낸 지 오십 년이 지났는데 아직도 문교촉위에 놀랄 일이 있다니. 그자들은 초광속 우주선의 우주 탐사도 방해할 수 있단 말인가? 상대방 모르게? 항의 서한은 포기해야겠군. 그리고 이 일도. 문교촉위라면 그런 강력한 자들을 속인 것이 탄로 난다 하더라도 괜찮을지 모르지만 지구인 점성학자도 그럴 수 있다고는 생각하기 어려웠다.

그리고 다음 순간 나는 자신을 꾸짖었다. 이것이 기회임을 모르다니. 이 지구상에는 내 목을 노리고 있는 일본인들이 있지 않은가.

"당신도 가야겠지요? 매개자들과 연락을 계속 취해야 할 테니까요. 그럼 우리가 타고 갈 우주선은 두 가지 환경을 구현할 수 있어야겠군요."

제르비는 의아해하며 말했다.

"당신도 간단 말입니까? 좌표만 알려주면 될 텐데요."

"예. 대충은 할 수 있습니다. 그렇지 않아도 출발하기 전에 대강 좌표를 결정할 테고요. 하지만 마지막 정밀 작업은 현장에서 해야 합니다. 천구의 모습이라는 건 몇 광년 차이로도 엄청나게 달라질 수 있거든요."

"그렇겠군요. 그렇다면 당신은 이전에도 지구 밖으로 나와본 적이 있단 말입니까? 지구인은 지구를 거의 떠나지 않는 것으로 알고 있어서 하는 말입니다만."

"저는 자주 나갑니다. 템섹 우주선 조종 면허도 있지요."

내 면허를 확인해본 제르비는 안심하고선 동행을 허락했다. 일찍이 프라이팬에서 뛰쳐나갔던 용감한 자들의 기나긴 목록에 내 이름을 덧붙이는 순간이었다.

물론 프라이팬 바깥은 불꽃이었다. 다른 이름으로는 제르비라고 한다.

이미 말했듯이 우리 우주선은 가운데 격벽이 있다. 그래서 양쪽의 환경도 서로 다르다. 하지만 양쪽의 압력은 대강 맞춰야 했기 때문에 제르비는 약한 고산병의 위탄 판에 해당하는 상태였고 나는 그대로 1기압에 노출되었다간 잠수병을 염려해야 할 상태였다. 남은 시간이 85시간으로 줄어들었을 때 나는 잠수병에 이미 걸린 듯한 기분을 느꼈다. 핏속으로 기포가 흐르는 기분이었으니까.

무분별하게 들이킨 카페인이 내 안전핀을 뽑은 모양이다. 보다 평온한 상태였다면 나는 쓴웃음을 짓는 정도로 반응했을 것이다. G형 항성인 줄 알았던 것이 F형이라는 것은 충분히 일어날 수 있는 실수다. 우리는 리스한 템섹 우주선의 항법 데이터를 번역해서 써야 하고, 템섹인과 우리의 항성 분류 기준이 서로 다르기 때문에 그런 오역은 일어날 수 있다. 그런 것이 우주사에게 큰 문제가 되지도 않는다. 우주사에게 더 중요한 건 항성의 위치와 질량 등이니까. 하지만 별뜨기꾼에겐 그렇지 않다. 실시 등급이 대충 비슷하다 해도 G형 항성과 F형 항성은 색깔이 다르다. 전자가 노란색이면 후자는 백색이다. 그 때문에 지느러미여야 하는 것이 지느러미가 아니게 되었다.

당신이 지구인이라면 백조좌를 떠올려보라. 만약 데네브가 좀 더 어두웠다면 나는 백조좌가 활과 화살자리라고 불렀을 수도 있다고 본다. 좀 비뚤다고? 사수좌가 들고 있는 활을 봐라. 활을 뭘로 만들었는지 뒤집혀 있다. 그에 비하면 백조좌는 훨씬 활답다. 하지만 데네브는 지나치게 빛나기 때문에 '거기가 더 무거운' 것처럼 보인다. 화살깃이 화살촉보다 더 무거울 수는 없고, 그래서 그것은 꼬리가 되었다. 별자리를 만들기 위해선 별의 위치뿐만 아니라 별의 색깔이나 밝기도 대단히 중요한 요소다.

내게는 목이 구부러진 장화처럼 보이는 리볼피트의 '화합의 신'을 보자. 원래 내 계획대로라면 별자리 전체의 포인트는 신이 들고 있는 신화적 보물에 있어야 했다. 그런데 지느러미에 불과한 별들 중 하나가 더 밝아지는 바람에 전체의 인상이 바뀌어버렸다. 그 결과 나온 것은 어째서인지 내 눈에는 슬롯머신처럼 보이는 별자리였다. 제르비가 리볼피트의 매개자에게 문의해본 결과는 실로 참담했다. 그 별자리는 리볼피트인의 눈에 고전적인 살인 도구처럼 보인다고 한다.

제르비는 폭소의 이모티콘을 남용하며 말했다.

"화합의 별자리를 만들려고 했더니 서로 린치를 가하라고 촉구하는 별자리를 찾아냈군. 지구인다운데. 아, 이건 틸로막의 반대자들에게 보내는 계시인 거야?"

그 정도만 해도 치명타이건만 그건 콤비네이션 공격의 시작타였다. 제르비는 나를 외면한 채 흥얼거렸다.

"이상한 열매가 유명한 나무들에 매달려 있네."

낭심 가격이라 하지 않을 수 없군. 페어플레이 정신에 따라 눈 찌르기로 대응했다.

"솔페랑의 털을 뭍혔다고 피잘이 웃심을 잡아먹을까."

결과적으로 세컨드들이 링으로 뛰어들 분위기가 되고 말았다. 하지만 세컨드는 없었고 링도 사실 없다. 튼튼한 격벽이 우리를 가로막고 있으니. 제르비는 지구인의 특정 손가락을 묘사한 이모티콘들을 스크린에 잔뜩 띄우곤 선내 통신을 끊어버렸다. 몇 분 후 격벽에 대고 날린 내 드롭킥은 스스로 생각해봐도 꽤 볼품없었다.

무중력의 좋은 점은 아픈 발을 절뚝거릴 필요가 없다는 점이다. 나는 벽을 툭툭 치며 내 방으로 돌아왔다. 온갖 부정적 감정들이 나를 성대히 환영했다. 나는 커피를 잔뜩 빨아 마시곤 스크린을 노려보았다. 그리고 제르비를, 리볼피트인을, 템섹인을, 문교촉위를 저주했다. 가쓰무라 부부도 저주하려다가 그만두었다. 아무래도 그건 도리가 아닌 것 같았다.

근대 미국의 문제는 한숨이 나올 만큼 간단하면서 유서 깊은 것이다. 스파르타인들과 미국인에겐 모두 싸구려 노동력인 노예가 있었다. 그리고 그 숫자가 만만치 않았다. 공통점은 여기서 끝나고 그 다음부터는 차이점이다. 첫째, 스파르타인들은 총이 없었기 때문에 노예에 대항하여 자신을 죽도록 단련해야 했지만 미국인들은 총포상에 가서 돈만 내면 테르모필라이 협곡의 300명을 혼자 쓸어버릴 힘을 손에 넣을 수 있었다. 둘째,

스파르타인들은 인권이 무슨 소린지 몰랐지만 미국인들에겐 골치 아프게도 그런 개념이 있었다. 총기에 대한 집착이나 노예들에 대한 암살은 전부 저런 차이점 때문에 나타났다. 자기 밥벌이를 남의 힘으로 해결하려 했던 자들이 처하게 되는 당연한 말로다. 참으로 한심한 그런 실수는, 애석하게도 인류의 실수다. 위탄인 제르비가 지구인인 나를 비웃을 근거가 될 수 있는 것이다.

그리고 이제 나는 범우주적 KKK단 취급을 받고 있다. G형인 줄 알았던 별이 사실은 F형임이 드러나 목이 구부러진 장화가 슬롯머신이 되었기 때문에. 화합의 신 대신에 린치 도구를 그렸기 때문에.

'제기랄'보다 속 시원한 말이 간절했다. 그런 말이 도통 떠오르지 않았기에 나는 스트랩으로 몸을 고정하고 잠에 빠져들었다.

"피잘이 아니고 웃심이야."

"뭐? 뭐라고? 어, 여기 어디야. 그 여자 어디 갔어?"

"피잘이 아니고 웃심이라고. 잠 깨."

환장하겠군. 주변 수 광년 내에 나 이외의 인물은 한 사람밖에 없어서 잠들기 더없이 좋은 환경인데 하필이면 그 한 명이 잠도 안 자는 외계인이라니. 정신을 차리기 위해 벽이라도 한 번 들이받을까 고민하는 동안 제르비는 계속 말했다.

"솔페랑의 털을 묻혀서 포식자를 속이는 건 웃심이야. 피잘이 웃심을 잡아먹는 동물이고. 내가 문교촉위원이 아니라 지구인의 짝패인 위탄인일 뿐이라고 말하고 싶었던 거라면 '솔페랑의 털을 묻혔다고 웃심이 피잘을 잡아먹을까.'라고 말해야 해."

아, 그 이야기였나. 나는 손가락 끝에 묻어나는 눈곱을 비통한 심정으로 보며 말했다.

"빌리 홀리데이를 인용하려는 거였다면 유명한(Popular) 나무가 아니라 포플러(Poplar) 나무*라고 했어야 해. 그리고 난 인종차별은 차별당해도 된다고 믿어. 리볼피트에서 일어나고 있는 것이 인종차별 문제야?"

제르비는 대답하지 않았다. 지구인에게 리볼피트의 정보를 함부로 노출시켜도 되나 고민하는 것 같았다. 아무래도 더 잘수 있을 분위기가 아닌 것 같아서 나는 저장고로 다가가 커피팩을 꺼냈다.

자리로 돌아와 스크린에 친구를 띄웠다. 하지만 내가 잠든 사이에 항성 요정이 다녀간 흔적은 없었다. 저 새하얀 F형 항

---

* 흑인 가수 빌리 홀리데이가 1939년에 발표한 「이상한 열매(Strange Fruit)」에서 인용되었다. 흑인의 시체를 나무에 매달아놓은 것을 '이상한 열매가 포플러 나무에 매달렸네'라는 가사로 비유하였다.

성을 가져가고 대신 노란 G형 항성을 놓고 갔으면 정말 좋을 텐데. 제르비가 대답할 기미가 없었기에 나는 음울한 심정으로 커피팩을 빨면서 해결책을 모색해보았다.

좀 더 물러나면 어떨까. 불가능하다. 저 빌어먹을 F형 항성은 별자리를 이루고 있는 다른 천체들에 비해 거리가 가깝다. 그 항성이 어두워지기 전에 다른 천체들이 사라질 것이다. 게다가 더 물러났다간 내 '뒤편'에 있던 밝은 천체들 중 몇 개가 앞으로 나와서 그림을 죽여 버릴 것이다. 이곳은 천체가 제법 많은 지역이다. 각도를 약간 바꿔볼까? 암흑 성운으로 F형 항성을 조금 덮을 수 있다면…… 안 된다. F형 항성이 가까운 곳에 있기 때문에 그걸 조금 이동시키면 멀리 있는 천체들이 크게 움직여버린다. 그림이 완전히 깨지는 것이다. 그때 제르비가 말했다.

"비슷해."

잠깐 동안 대화의 맥락을 못 찾고 허둥거리다가 겨우 내가 했던 질문을 떠올렸다.

"어, 그럼 백인들이 킹 목사를 죽이는 거야?"

"비슷해. 죽는 쪽도 죽이는 쪽도 같은 인종이지만."

"인종이 같아?"

"리볼피트인은 단일 인종이야. 원래는 여럿 있었지만 다른 인종들은 까마득한 옛날에 다 정리된 거지."

"정리라니. 멸종당했다고?"

"네안데르탈인처럼."

나는 크로마뇽인의 후손을 대표하여 커피팩을 스크린에 던지려다가 그것이 돌도끼가 아니라는 이유에서 참기로 했다.

"단일 인종인데 무슨 인종차별이라는 거야?"

"버스에서 쫓겨난 숙녀가 가난한 백인이고, 킹 목사도 가난한 백인이야."

"뭐야? 그럼 인종 갈등이 아니라 계층 갈등이잖아."

"리볼피트에선 인종이나 다름없어. 단일 인종이다 보니 그런 것이 구분 기준이 되나 봐."

"허. 빈자와 부자 사이의 내전이라고? 부자가 위험하겠군. 잃을 것이 더 많을 테니."

"허? 대단히 시적이군. '허'라."

"도대체 그 종족은 어디 있어?"

"무슨 말이야? 리볼피트인들의 위치는 알려줄 수 없어."

"아니. 선조를 선택해서 태어날 수 있는 그 복 받은 종족 말이야. 제기랄!"

제르비는 대답하지 않았다. 수면 부족 상태에서 들이킨 카페인 때문에 속이 울렁거렸다.

"이봐, 제르비. 그래. 나는 나무에 사람을 매달던 자들의 자손이고 여자를 산 채로 태우던 자들의 자손이야. 정복자, 학살자, 제노사이더의 자손이야. 후손을 남길 수 있는 건 멸종당한 자들이 아니라 멸종시킨 자들이니까. 성별이 셋이나 되고 결합 방식도 셋이나 되는 너희들이 부러워. 우리는 결합 방식이 하나뿐이라서 경쟁은 필수적이었지. 그래. 경쟁이라는 점잖은 말로 표현된 그 모든 학살을 인정해. 하지만 자신이 선택할 수 없었던 것 때문에 비난받아야 한다면 그것도 인종차별이잖아. 꼭 그래야겠어? 그런 식으로 우리를 짝패로 결정한 문교촉위가 옳았다는 것을 증명해 보여야겠어?"

제르비는 물끄러미 나를 쳐다보았다. 한참 후 통역기가 다시 작동했다.

"오해를 하고 있었군."

"뭐?"

"나는 너라는 개인을 비난했던 거야. 이 우주선을 나와 공유하고 있는 살인자 말이지."

여러 번 들었던 이야기지만 들을 때마다 가슴 한구석이 풍화되는 것 같은 기분을 느끼는 건 어쩔 수 없다. 나는 한참 후에 입을 열었다.

"나는 살인자가 아니야."

"효율성을 고려해야지. '임산부를 초광속 우주선에 태워 우주로 날려버리는 짓으로 빵을 구하는 자'라고 말하는 건 너무 길지 않아? 일본인들도 그렇게 생각하는 것 같은데."

어렵게 제르비가 여성임을 떠올렸다. 위탄의 여성은 지구의 여성과 좀 다르지만 출산을 수행한다는 점은 같다. 그녀에게 내가 어떻게 보일지 상상하기도 두려웠다. 나는 나직하게 말했다.

"그건 그들의 선택이었어."

"치졸하군."

"딱 한 건이었어. 빌어먹을. 그 많은 별뜨기 중에서 딱 한 건이었다고. 딱 한 번 내 고객이 행방불명이 되었다고 나를 살인자로 모는 거야? 가쓰무라 부부의 사고에 책임을 져야 하는 자가 있다면 그 부부가 타고 간 템섹 우주선을 만든 템섹인이야. 그게 상식이잖아. 템섹인을 만날 수 없어서 나를 비난하는 거야?"

"넌 안 믿잖아."

"뭘!"

"점성학을 믿지 않잖아."

녹아웃 펀치다. 어디서 숫자 세는 소리가 들리는 것 같다.

나는 커피팩을 꽉 움켜쥔 채 고개를 떨구었다. 반박을 해야 한다는 생각은 이미 그러기 어려운 시점에 떠올랐다. 선내 통신을 끊어버리고 싶은 충동과 내 마지막 품위는 지키고 싶다는 욕망이 부딪혀 몸이 덜덜 떨렸다. 갑자기 목욕이 하고 싶었다. 물이 아래로 떨어지는 곳에서.

"지금에 와서 믿는다고 말하지는 마. 네가 그 별의 힘인지 뭔지를 믿는다면 화합의 영향력을 줄 수 있는 별의 배치를 너 스스로 제안해야 했어. 주어진 도안을 정확히 그려내는 것에 열중하는 대신에. 넌 점성학을 믿지 않아."

"……가쓰무라 부부는 믿었어."

"정말 볼썽사납게 구는군."

"그리고 나도 믿어."

제르비의 표정을 대신할 만한 이모티콘이 통역 프로그램 내부에 없는 것 같았다. 통역 프로그램은 물음표를 띄웠다. 아마 말로 표현하기도 힘든 혐오를 보이고 있겠지.

"그만두고 돌아가자. 리볼피트 탐사선이 지구인을 보게 될 위험은 피해야 해. 그리고 시간 낭비도 피해야지. 틸로막을 구할 '현실적'인 방법을 찾아보려면. 조종은 내가 할 테니 넌 그 잠이라는 것이나 실컷 해."

"너는 내 별뜨기를 몰라."

"그만두자니까! 그 점성학이라는 헛소리엔 아무 관심도 없어! 그게 말이 되는 소리야? 별이 사람들에게 영향을 준다고? 그러면 왜 그러고 있는 거야. 재복을 나타내는 별자리 아래에서 주식 투자나 하시지? 그런 별자리를 얼마든지 찾을 수 있잖아? 몸이 아프면 치유를 나타내는 별자리 아래로 가면 되고 반려를 원하면 사랑을 이루어주는 별자리 아래로 가면 되겠군. 그곳에 가면 텅 빈 우주 공간에 지구인 여성이 둥둥 떠다니고 있겠지?"

"실례하겠습니다. 이 선생님. 가쓰무라 에리예요. 다녀왔어요!"

나는 커피에 익사할 뻔했다.

다행히 커피팩은 충분히 질긴 용기로 만들어져 있었고 안전장치도 달려 있었다. 그래서 커피팩을 꽉 움켜쥐었음에도 내 호흡기로 커피를 직사하는 꼴은 겪지 않았다. 제르비도 뭔가 굉장한 반응을 보인 것 같다. 스크린에서 그 녀석의 모습이 사라지며 의미심장한 소리가 울려 퍼졌으니. 하지만 그 꼴을 음미할 여유는 없었다. 지구인 남성과 위탄인 여성밖에 없는 우주선에서 지구인 여성의 목소리가 들려온다? 선외 영상을 몽땅 스캔하고 싶어졌다. 정말로 텅 빈 우주 공간에 여자가 떠다니고 있으면 어떻게 하지?

"여보세요? 이 선생님? 다녀왔어요. 저기요. 저쪽엔 안 들리는 모양인데요. 좀 봐주시겠어요?"

나는 커피팩을 놓고 정신없이 통신 장치를 점검했다. 그러곤 신음했다. 어떻게 된 영문인지 모르겠지만 나나 제르비의 허락도 없이 초광속 통신이 제멋대로 연결되어 있었다. 들어오는 건 오디오 신호뿐이지만 우리 우주선은 그런 상태에 대해 아무 불만이 없는 모양이다. 좋아. 나는 지금 누군가와 통신하고 있는 상태란 말이지. 그 상대는 가쓰무라 에리이고. 가쓰무라 에리…… 가쓰무라 에리!?

"어, 어서 오세요. 가쓰무라 부인."

"아, 이 선생님! 잘 들리세요?"

저승은 요새 어떻게 돌아가냐고 물을 뻔했다. 가쓰무라 부부는 6년 전에 실종된 내 고객이다.

6년 전, 곧 부모가 될 예정이었던 가쓰무라 다이스케와 가쓰무라 에리는 출산 예정일을 계산해보곤 실망에 빠졌다. 그들은 자식이 물병자리를 타고나길 바랐지만 예정일은 애석하게도 사수자리였다. 지구 공전에 개입할까 하는 충동까지 느꼈던 그들은 다행히 더 온건한 방법을 찾아 나를 방문했다. 그리고 나는 위기에 빠진 지구를 구하기 위해 일, 월, 화, 수, 목, 금, 토의 일곱 별을 대신할 천체와 멋지게 물병자리 모습으로 배치된 천체들이 천구에 근사하게 늘어서 있는 우주 좌표를 그들에게 건네주었다. 부부는 냉큼 템섹 우주선에 올라 내가 가르쳐준 좌표로 날아갔고 구조신호 하나만 남긴 채 그대로 사라져버렸다. 그 때문에 나는 내 목을 노리는 일본인들에게 쫓기고 외계인에게 살인자 소리를 듣게 되었다.

그 가쓰무라 부인이 전혀 예상치 못한 시간에, 전혀 예상치 못한 공간에서 내게 말을 걸어오고 있는 것이다. 이 우주는 정말로 잘 계획된 미로이고 신은 쥐를 사랑하기에 더 끔찍한 미로를 구상하는 과학자인 건가?

"잘 들립니다. 이건 정말 예기치 못한 기쁨이군요. 틀림없이 무슨 사고가 일어날 줄 알았습니다. 6년이나 연락이 없어서……"

내 이야기는 가쓰무라 부인의 비명으로 지워졌다.

"거짓말! 진짜 6년이에요? 정말로? 근사해! 그 우라시마 효과라는 거 정말이었어요. 어머, 죄송합니다. 선생님. 바깥양반이 그렇게 된다고 설명해줬는데 정말 믿어지지 않았거든요. 정말 6년이 지났어요? 며칠밖에 안 지난 것 같은데. 진짜 우라시마 타로* 같네요!"

---

* 거북을 살려준 덕에 용궁에서 지내다가 돌아오니, 많은 세월이 지나 친척이나 아는 사람은 모두 죽고, 모르는 사람뿐이었다는 일본의 동화 속 주인공.

시간 지연 효과? 가쓰무라 부인이 지난 6년 동안 아광속으로 여행하고 있었다고?

"저, 어떻게 되신 건지 설명해주시겠습니까? 6년 전에 사고를 당하신 것이 아니었습니까? 분명히 6년 전에 구조신호가 접수되었는데요."

"있었어요. 사고. 정말 이렇게 죽는구나 싶었어요. 그런데 바깥양반이 구조신호를 보내니까 엄청나게 큰 우주선이 와서 우리 우주선을 구해줬어요. 선생님. 어떤 우주선인지 아시겠어요?"

"템섹 우주선의 구조신호에 반응했으니 템섹 우주선이겠지요." 하지만 그랬다면 가쓰무라 부인이 어떤 우주선인지 맞춰보라고 하진 않았겠지. "설마 6년 전에 조우하신 것이 진짜 '템섹' 우주선입니까?"

"역시 선생님이네요. 예. 템섹인들이에요. 템섹인들이 바깥양반이랑 저랑 카나를 구조해줬어요. 아, 카나는 제 딸입니다. 물론 선생님 덕분에 물병자리죠."

물병자리의 가쓰무라 카나에 대한 관심부터 보여야 할 테지만 그럴 정신이 없었다. 빅뱅이 시시한 소식처럼 여겨지는 이야기를 들었으니.

"부, 부인! 지, 지금 템섹인들의 우주선에 타고 계신 거란 말씀입니까?"

스크린 한쪽에 겨우 나타난 제르비도 미칠 지경인 것 같았다. 하지만 가쓰무라 부인은 학교 동창의 차를 우연히 얻어 타기라도 한 양 천연덕스럽게 말했다.

"예. 정말 큰 우주선이에요. 바깥양반이 그러는데 지구보다 훨씬 더 크대요. 거짓말 같죠. 별보다 더 큰 우주선이라면 그걸 별 위에서 만들 수는 없잖아요. 어린 왕자의 바오밥 나무 같은 모습이 될 것 같아요. 당치 않은 모습이잖아요. 하지만 우라시마 효과도 사실이었으니까 그 말도 사실일지 모르겠네요. 선생님 생각은 어떠세요?"

가쓰무라 부인의 높은 평가에 몸 둘 바를 알 수 없었다. 어떻게 부인은 내가 이 상황에서 생각이라는 고등한 활동을 할 수 있다고 믿는 거지. 부인의 기대에 부응하기 위해서는 아니지만 나는 열심히 생각해보았다. 그래. 우리 우주선은 템섹인들이 만든 것이다. 자기들이 만든 우주선의 통신망에 연결하는 건 간단하겠지. 오디오 신호만 오는 것은 자기들을 감추기 위해서일까. 엄청나게 큰 우주선이라. 설마 5광년 저편에서 식을 일으켰던 그 우주선?

안 되겠다. 6년밖에 생각나지 않는다. 나는 제르비가 미친 듯이 탐지 장치를 괴롭히는 모습을 일별하곤 가쓰무라 부인에게 말했다.

"부군의 말씀이 맞을 겁니다. 그런데 왜 6년 전에 바로 돌아오지 않으셨습니까?"

"총리가 싫어서요."

"하?"

도저히 예의 바른 대답이랄 수 없지만, 믿어다오. 저건 내 최선이었다. 나는 가쓰무라가 아니다. 다행히 가쓰무라 부인은 가쓰무라가 아닌 자들에게 관대했다.

"우리 부부가 떠나왔을 때 선출되었던 총리 말이에요. 바깥양반도 싫어하고 저도 싫거든요. 그래서 그 우라시마 효과라는 것 시험해보기로 했어요. 템섹인들이 그러는데 자기들 우주선은 초광속 우주선보다 느리게 움직여야 하는 업무가 있대요. 그래서 여기에 있으면 시간도 느리게 흐르나 봐요."

선량한 가쓰무라 부인. 그건 아니올시다.

"그래서 여기 며칠 있다가 지구에 가면 지구에서는 이미 몇 년이 지난 후래요. 그러면 총리를 순식간에 쫓아내는 것과 같잖아요. 도편 추방보다 낫죠. 근사할 것 같다고 생각했어요. 정말로 6년이 지났으면, 선생님. 혹시 총리가 바뀌었는지 아시나요?"

총리라. 납득은 간다. 확실히 도편 추방보다 낫다. 하지만 그

것 때문에 내가······

"부인! 두 분이 실종되는 바람에 제가 무슨 꼴을 당했는지 아십니까? 가쓰무라 가문에서 제 수급을 노리고 있단 말입니다!"

"예? 구비기리*요?"

화를 낼 기운이 싹 사라졌다. 누가 가쓰무라 아니랄까 봐.

"무지막지한 소송을 통해 저를 법적으로 매장시키려 하고 있다는 말이었습니다."

"그런가요? 폐를 끼쳤군요. 저희들이 돌아가면 다 해결될 테니 걱정 마세요. 그런데 총리는?"

"······귀국의 총리 말씀이죠? 바뀐 걸로 압니다. 두 번 바뀌었던가? 어쨌든 두 분이 떠나셨을 때의 그 총리는 확실히 물러났습니다."

"정말이에요? 기뻐요! 감사합니다. 선생님. 이것도 저것도 전부 선생님 덕분이에요. 카나도 선생님 덕분에 물병자리가 되었고 바깥양반이랑 저도 총리를 쫓아낼 수 있게 되었군요. 사고는 정말 싫었지만 이렇게 되고 보니 사고가 다행이었던 것 같은 느낌이에요. 이젠 지구로 돌아가도 되겠네요. 템섹인들이 우

---

* 구비기리(〈びきり〉), 참수(斬首)를 뜻하는 일본어.

리 우주선을 고쳐줬거든요. 원래 그 사람들이 만든 거니까 잘 고쳤을 텐데 우리 바깥양반은 뭐가 불안한지 지금도 확인하고 있어요. 그 사람들이 우주선 고칠 때도 계속 옆에 붙어 있어서 정말 민망했어요. 남자들은 왜 알지도 못하면서 꼭 정비공 옆에 서서 한마디 하려고 벼르는 거죠?"

나는 가쓰무라 다이스케가 태풍을 부르는 서퍼이며 주식시장의 푸른 수호신인 동시에 괜찮은 응용물리학자이기도 하다는 사실을 떠올렸다. 그 친구, 정비공 옆의 사내 역할을 하려는 것이 아니라 템섹 우주선의 수리 광경을 보면서 뭐라도 이해해보려고 눈에서 불을 뿜고 있었던 것이겠지. 뭐라도 이해했으면 정말 좋겠다. 그래준다면 지난 6년 동안 내가 받았던 고통도 다 잊어줄 수 있다(잊지 않는다 해도 별 도리 없겠지만. 가쓰무라니까.).

"부인과 따님이 탈 우주선이니 또 고장 날까 봐 걱정이 되는 것이겠지요. 어쨌든, 예. 돌아오셔도 됩니다. 아니, 꼭 돌아오셔야 합니다."

"예, 이 선생님. 그럼 지구에서 뵐게요!"

초광속 통신은 시작되었을 때처럼 무지막지하게 종료되었다. 나나 제르비의 허가도 없이.

나와 제르비는 자다가 집에 불이 나서 잠옷 바람으로 뛰쳐나와 골목에 선 두 생존자처럼 서로를 바라보았다. 물론 스크린을 통해서. 이후 몇십 초 동안 두 종족이 나눈 대화는 꽤 심오했다.

"저?" "어." "음." "아."

혼란과 흥분을 삭일 시간이 필요했다. 한참 후 내가 말했다.

"찾았어?"

"못 찾았어. 그렇게 큰 질량이 있다면 나타나야 하는데. 저쪽에선 우리를 찾았잖아. 그런데 어떻게 우리는 못 찾는 거지."

"이 우주선은 템섹인들이 만든 거잖아. 그러니 템섹인들이 이 우주선에게 자기들을 못 본 체하라고 명령하면 이 우주선은 안 보겠지. 그 이유도 알 것 같군. 아마 금지되어 있을 거야. 리볼피트인들이 우리와 접촉하는 것이 금지되어 있는 것처럼 우리도 템섹인과 접촉할 수 없는 것이겠지."

우울함의 이모티콘이 떠올랐다.

"그럴지도 모른다고 생각했지. 받아들이고 싶지는 않았지만."

나는 말 없이 고개를 끄덕였다. 제르비가 갑자기 생각난 것처럼 말했다.

"그래도 넌 살인자야."

스크린에 대고 드롭킥을 날릴 뻔했다.

"살아 있잖아. 가쓰무라 부부."

"그건 행운이지. 템섹 우주선이 우연히 그 근처에 있었다는 행운. 네가 노력한 결과는 아니잖아."

"행운? 좋아. 행운 하나 더 보여줄까?"

"무슨 말이야?"

"제르비. 초광속 이동이 일상화된 녀석들은 우주선을 너무 크게 만드는 것 같지 않아?"

'바오밥 나무 같은 모습이 될 것 같아요.' 별보다 더 큰 우주선. 5년 전에 일어난 식에 대해 말했을 때 제르비의 얼굴 주위에 떠올랐던 혼란스러운 이모티콘들. 그것은 제르비가 당황했기 때문이다. 그런데 그건 어떤 당황이었을까? 우주선이 그렇게 크다는 것에 대한 놀라움이었을까, 아니면 리볼피트인과 접촉이 금지된 지구인에게 정보를 노출시킬지도 모른다는 두려움이었을까? 제르비는 지느러미를 찾으라는 말만 하고 선내 통신을 끊었다. 혹시 그 우주선에 대해 계속 말하고 싶지 않았기 때문일까?

제르비가 말했다.

"그래서?"

오케이, 오케이, 오케이!

"내 질문에 먼저 대답해 줘. 리볼피트인들도 오래전에 초광속 우주선을 자체 개발했다고 했지. 그자들의 그 탐사선도 거대해?"

"도대체 그게 왜……"

"틸로막을 구하고 싶다면 대답해. 탐사선은 거대해?"

한참 후 제르비는 스크린에 리볼피트 탐사선의 크기를 띄웠다. 고맙게도 그것은 정말 언어도단적인 크기였다. 나는 그 수치를 이용하여 몇 가지 계산을 해 보곤 씨익 웃었다. 제르비가 조심스럽게 말했다.

"방법이 있어?"

나는 고개를 끄덕였다. 이 제스처는 번역할 필요도 없겠지.

리볼피트의 매개자와 비밀 회담을 끝낸 제르비가 다시 선내 통신을 연결했다.

"제대로 됐어. 탐사선 선장은 이런 메시지를 모성에 보냈다더군. 우주가 알려주었다. 그 많은 탐사에도 불구하고 우리가 왜 외계인들을 만날 수 없는 것인지. 우리가 외계인들을 만나고자 한다면 먼저 우리끼리 잘 지내는 법을 터득해야 한다."

나는 고개를 끄덕이곤 앞쪽의 천구에 늘어서 있는 화합의 신을 바라보았다. 얼마 전 그 신은 적색편이를 일으키고 있는 은하와 빛을 잔뜩 머금은 성운, 작열하는 항성, 이제는 더 이상 존재하지도 않는 별의 빛…… 그리고 리볼피트인의 우주선으로 이루어져 있었다.

제르비가 말했다.

"좋은 발상이었어."

나는 대답 없이 커피팩을 들었다. 그리 대단한 발상이라고 생각하진 않는다. 임기응변에 가깝다고 해야 할 것이다.

우리가 보는 별은 모두 과거의 별이다. 초광속 우주선을 타고 5000광년쯤 날아간 다음 지구 쪽을 보면 이집트인들이 피라미드 쌓는 모습도 볼 수 있다(초현실적 수준의 망원경이 필요하겠지만.). 나는 그 상식과 5년 전에 식을 일으킨 미지의 우주선에 대한 정보를 사태 해결에 적용했다.

대략 열 시간 전, 우주를 이동하던 리볼피트 탐사선은 초광속 이동 장치에 모종의 문제가 생겼다는 것을 발견했다. 그들은 관성 비행을 하며 초광속 이동 장치에 생긴 문제를 조사했다. 9시간가량 조사와 수리에 매진한 리볼피트인들은 수리가 제대로 되었는지 확인하기 위해 시험 삼아 30,000광초 정도 초광속 이동을 했다. 우연히도 그들이 초광속 이동을 한 장소는 어떤 지구인 별뜨기꾼이 결정한 장소였다. (따라서 이 모든 것을 짧게 말하면 제르비의 농간이 된다.) 초광속 이동은 성공적이었고 리볼피트인들은 안도하며 천구를 보았다.

그곳의 천구엔 화합의 신이 장엄하게 떠 있었다.

모든 것이 완벽한 화합의 신이었다. 물론 지느러미까지도. 그 지느러미는 두 개의 빛으로 구성되어 있었다. 불규칙 은하하나와 리볼피트의 우주선. 그렇다. 그들이 그 좌표에서 보았던 것은 8시간 20분 전, 30,000초 전의 그들 자신이 포함된 별자리였다.

초광속 이동이 일상화된 녀석들은 왜 그렇게 우주선을 크게 만드는지. 초광속 경제권에 익숙해지면 이해할 수 있는 어떤 이유가 있는 것일까. 5년 전의 식을 일으킨 그 미지의 우주선만큼은 아니지만 리볼피트인들의 탐사선도 정말 거대했다. 그 거대한 리볼피트 우주선은 내 계산대로 30,000광초 거리에서 그 뒤편의 F형 항성을 완전히 가릴 수 있었다. 또한 그 우주선은 반대편에 있던 천체들에서 오는 빛을 받아서 실시등급으로 2.6등급 항성으로 보일 정도로 빛났다.

"필요한 건 1.8등급 별이었잖아. 2.6등급이라면 훨씬 더 어두운데 어떻게 성공할 수 있었지?"

"그 친구들은 그게 자기 모습이라는 걸 알고 있었지. 그런데 거울에 비친 자기 모습은 더 빛나 보이게 마련이거든. 그래서 무의식적으로 눈에 보이는 알베도를 높였겠지. 자기 모습이 포함된 별자리를 린치 도구로 보이게 할 정도로 높이지는 않았을 테고.”

제르비는 기가 막힌다는 이모티콘을 띄웠다. 한참 침묵하던 제르비는 의혹의 이모티콘과 함께 말했다.

“그런데 그건 지구인의 심리 아니야?”

“리볼피트인들도 마찬가지일 거라 확신했어. 화합과 상호이해가 어쩌니 해도 생물은 자기애를 포기할 수 없으니까. 그건 진화론적인 진리야. 자기애가 없는 생물은 도태될 테니까.”

제르비는 미심쩍은 듯이 말했다.

“뭔가 더 하고 싶은 말이 있는 것 같은데. 그 자기애는 결국 배타성, 공격성으로도 나타난다는 말을 하고 싶은 거야?”

“아니. 내가 말하고픈 것은 난 내 별뜨기를 믿는다는 것뿐이야.”

제르비는 탐탁잖은 것 같았다. 고민하는 그녀에게 나는 말해보라는 제스처를 보냈다. 번역이 제대로 되었는지 제르비가 말했다.

“그 리볼피트인 선장이 한 말에서 뭐 느끼는 것이 없어?”

“서로 잘 지내고 아껴줘야지 돈벌이를 위해 산모를 우주로 쏴버리면 안 된다는 거야?”

“초광속 우주선 덕분에 지구에도 에너지가 넘쳐나잖아. 왜 자기가 믿지도 않는 논리를 남에게 팔아먹으면서 돈을 벌어야 하지?"

명백히 지구는 황금시대다. 대가 없이 풍요를 제공하는 삼포가 노예에서 문교촉위로 바뀌었지만 오래된 버릇은 바뀌지 않는다. 지구인들은 장원의 영주 흉내를 내고 있다.

바꿔 말하면 지구라는 장원에 얽매여 있다.

"가쓰무라 카나는 카이퍼 벨트 바깥에서 태어난 열아홉 번째 아이야. 그리고 조만간 백 번째 아기가 태어날 거야."

제르비의 얼굴 근처에 의문을 표시하는 이모티콘들이 주르륵 떠올랐다. 그러다가 갑자기 그것들이 일시에 사라졌다. 제르비는 놀라움의 이모티콘들과 함께 나를 주시했다.

"제르비. 우리는 잠을 자."

"……정말이야?"

"지구인은 어떻게 보면 참 괴상한 생물이야. 에너지가 많으면 활동적으로 변하고 에너지가 적으면 비활동적으로 변하는 것이 상식일 것 같지만 지구인이나 지구의 다른 척추생물들은 그렇지 않지. 우리는 에너지가 풍부하면 잠에 빠져. 최소한의 소비만 하려고 하지. 그러다가 에너지가 적어지면 활동적으로 바뀌지. 적은 에너지로 쉽게 많은 에너지를 얻는 방법은 남의 에너지를 뺏는 것이고."

빌리 홀리데이를 비참하게 만들었던 문제들이 모두 잠 때문에 일어났다고 말하면 그녀가 받아들일 수 있을까? 아마 그러긴 어려울 것이다. 하지만 제르비는 동요를 보였다.

"그래. 제르비. 네 말처럼 지구에도 위탄처럼 에너지가 넘쳐. 하지만 리볼피트인을 발견한 건 너희들이야. 그 에너지를 가지고 우주로 나간 너희들. 우리는 잠이 들었거든. 화려한 꿈을 꾸면서 말이야."

제르비는 한참 머뭇거린 후에 말했다.

"하지만 너희들은 템섹인을 발견했지."

"행운이지."

"우리가 리볼피트인과 만난 것도 우연이었어. 하지만 그런 우연이 있으려면 일단 우주로 나오긴 해야 하지. 너, 지구인들을 우주로 보내고 있었던 것이지? 아기에게 길한 운명을 줄 수 있다고 말하면서."

"황금시대에나 통하는 수법이지. 비싸고 비효율적이고 비이성적일수록 근사하다고 믿는 시대에. 그 아이들이 커서 자기 고향을 어디라고 말할까? 외계인에게 빌린 우주선의 화물창고라고 시니컬하게 말할 녀석도 있겠지. 하지만 우아하게 '별들의 바다'라고 말할 녀석도 있겠지."

"하아."

템섹 통역기의 성능엔 항상 놀랄 수밖에 없다. 저런 감탄사까지 번역하다니. 우리 아이들은 언젠가 저런 물건을 만들 수 있게 될까?

"조금만 기다리라고. 짝패. 늦었지만 우리 아이들 중 일부는 너희들을 따라갈 수 있을 거야. 리볼피트인과 별들은 화합의 신을 그렸지. 우리 아이들과 별들은 무슨 그림을 그릴지 궁금해."

복수의 어머니에
관하여

오늘 선장은 우주선으로 나를 때려죽였다.

뭔가 날짜에 관련된 문제가 있다는 건 처음부터 짐작할 수 있었다. 선장은 지구 로컬을 계산해 본 직후 갑자기 눈을 홱 뒤집더니 손에 잡히는 걸 내게 집어던지기 시작했다. 그 무차별적인 투척은 곧 주먹질과 발길질로 바뀌었고, 가장 가까운 의사가 26광년 저편에 있는 처지에 골절이라도 입으면 겪게 될 문제들을 선장이 떠올린 후 행성인들은 상상하기 힘든 살해 방식으로 바뀌었다. 우주선으로 사람 때려죽이기. 주인공이 벽을 향해 달리면 잠시 후 벽에 주인공 모양의 구멍이 생기는 세계가 떠오르는 이야기지만, 그렇게 카툰 같은 이야기는 아니다.

사실 인류에겐 행성으로 사람을 타격하는 격투술도 있다. 대표적으로 유도가 그러하다. 유도가의 무기는 지구이며, 그 적수를 다치게 하는 건 유도가의 힘이 아니라 지구 중력이다. 그 사실을 이해한다면 선장의 우주선 살법을 이해하는 건 어렵지 않다. 유도의 경우와 달리 우주선엔 중력이 없지만 가속도가 중력을 대신했다. 그리고 엄밀히 말하면 유도가가 쓰는 것도 중력 가속도니 비슷하다고 할 수 있다.

선장은 자기 몸을 잘 고정한 다음 나를 붙잡고는 우주선의 벽과 바닥에 마구 패대기쳤다. 무게가 없는 환경이니 성인 남자를 붙잡고 빙글빙글 돌리다가 바닥에 내려치는 카툰 같은 짓도 가능하다. 물론 무게가 없을 뿐 질량은 그대로이니 선장의 팔목이 부러지거나 인대가 파열되거나 극심한 탈구가 일어날 수도 있었지만 선장은 관록 있는 우주인답게 관성과 반작용을 실로 노련하게 다루었다. 내 몸을 으깨어 놓으면서도 자기 뼈나 관절은 다치지 않았다.

세 시간 뒤 내 시체를 치우며 선장은 사정을 설명했다. 오늘이 아들의 생일이란다. 선장은 그 정보로 내가 모든 사정을 이해하고 동시에 깊은 인상도 받길 원하는 것처럼 보였지만, 사실 아무런 느낌도 받을 수 없었다. 그래서 어정쩡하게 선장을 쳐다보다가 내 시체 치우는 것이나 거들었다.

2개월 만에 느낀 희망 때문에 어차피 선장의 말에 집중하기도 어려웠지만.

우주선으로 나를 때리는 선장을 물끄러미 쳐다보다가 갑자기 온몸에 전율이 좍 흐르는 것을 느꼈다. 신음 소리를 내지 않기 위해 온몸의 근육을 긴장시켜야 했다. 나를 갑작스러운 긴장으로 몰아간 건 느닷없이 떠오른 질문과 그 대답이었다. 질문은 이러하다. 우주선을 무기로 쓰는 건 가능하다. 그렇다면 인체로 무기를 만들 수 있을까? 그러니까 '자신의 몸을 단련해서 치명적인 무기로 만든다' 같은 소리가 아니라 정말로 인체 조직을 가지고 쓸 만한 병기를 만드는 경우를 말한다. 답은 이러하다. 충분히 가능하다. 골절이 일어났을 때 부러진 뼈는 종종 살을 뚫고 튀어나온다. 선장이 우주선으로 나를 때려죽일 때 내 뼈가 바로 그런 식으로 내 살을 뚫고 튀어나왔다. 그리고 내 살을 뚫고 나온 뼈가 남의 살을 뚫고 들어가지 못할 리 없다.

예리하게 부러진 대퇴골 같은 건 바라지도 않았다. 12번 늑골 같은 거라도 입수할 수 있다면 내겐 100G 미사일이나 다름없다.

하지만 제3세탁실로 내 시체를 옮기며 선장 몰래 내 으깨진 살을 주물럭거린 결과는 신통치 않았다. 쓸 만한 뼈는 있었다. 사실 여러 개 찾아낼 수 있었다. 하지만 그것들은 방금 죽은 시체 속에 있는 것들이었다. 그러니까 질긴 근육들에 튼튼한 건으로 연결된 것들이었다. 꿈쩍도 하지 않았다. 내 뼈다귀를 아서 팬드래건의 검에 비유하는 건 도통 어울리지 않는 일이지만 사정은 똑같았다. 정말 쓸 만한 칼이 바위에 꽂혀 있는 것과 마찬가지였다. 분노 속에서 겨우 발골이 전문 기술이라는 기억을 떠올렸다. 피를 빼고 다루기 좋게 해체한 도축육에서 뼈를 분리하는 것도 전문가가 아니면 힘들다. 아직 온기도 가시지 않은 시체에서 비전문가가 맨손으로 뼈를 꺼내는 건 말도 안 되는 소리였다. 낙담했다. 그러지 말았어야 했다. 시체를 탱크에 밀어 넣고 재처리를 시작하고 나서야 내가 얼마나 멍청했는지 깨달았다. 하마터면 재처리 탱크에 손을 집어넣을 뻔했다.

내장도 고려해 봤어야 하는데. 그걸로 교살용 줄을 만들 수 있을지도 모르는데.

무거운 자기혐오에 짓눌린 채 한참을 버둥거린 후에야 겨우 자신을 위안할 사실 두 개를 찾아낼 수 있었다.

사실 1. '내장으로 교살을 시도하는 건 훌륭한 볼거리겠지만 현실적으로는 실행이 불가능하다. 선장은 나를 위해 특별히 운동 스케줄을 짜주거나 하지는 않았다. 지금 내 골밀도는 형편없을 것이다. 누군가의 목을 조르려 했다간 내 팔이 부러질지도 모른다.'

더욱 중요한 사실 2. '어쨌든 내 시체가 내 무기가 될 수 있다는 걸 깨달았다는 것.'

시체라는 사실 때문에, 그것도 내 시체라는 사실 때문에 지금껏 그걸 한시라도 빨리 재처리 탱크에 밀어 넣고 잊어야 하는 혐오 대상으로밖에 여기지 못했다. 그리고 난 공포와 좌절 때문에 정신이 거의 나간 상태였다. 사실 조금도 미치지 않았다고 확신하기도 어려운 상태다. 그래. 분명히 변명은 가능하다. 하지만 2개월 만에 그 사실을 떠올렸다는 건 역시 용서하기 힘들다. 시체라는 건 인간의 몸이고 인간의 몸은 수십억 년의 진화가 만들어낸 걸작이다. 조건만 잘 맞으면 한 세기가 넘는 시간 동안 자기 모습을 유지해 나가는 기막힌 물건인 것이다. 그 안엔 온갖 쓸 만한 것들이 들어있을 것이다.

당장 몇 가지 활용 방안이 떠오르긴 했지만 역시 가장 먼저 떠올린 것이 제일 괜찮았다. 예리하게 부러진 뼈. 별다른 가공이 필요 없이 단순하고 성능은 확실하다. 목표를 뼈로 한정한다면 제대로 된 문제 접근 방식은 '어떻게 하면 체내의 뼈를 손쉽게 구할 수 있는 방식으로 내가 죽느냐'일 것이다. 그러고 싶진 않지만 지금껏 선장이 나를 죽여 온 방식들을 돌이켜보았다. 속이 뒤집어지는 느낌을 참으며 생각해보자 내가 아쉬운 기회를 여럿 놓쳤다는 걸 알 수 있었다. 특히 아까운 건 소사에 속하는 몇 가지 예다. 구운 고기에서 뼈를 발라내는 건 도축도 조리도 아닌 식사에 해당한다. 거의 노동으로 취급되지도 않는 간단한 일인 것이다.

선장이 같은 살해법을 반복하길 꺼리지 않았다면 좋았을 텐데.

애석하게도 선장은 언제나 다른 방법으로 나를 죽인다. 애초에 이 광기를 추력으로 삼는 여행이 시작된 것이 바로 그 때문이다. 두 달 전 선장이 지쳐 쓰러질 정도로 고민하고 있던 것은 나를 죽일 것이냐 말 것이냐 하는 문제가 아니라 나를 한 번밖에 죽일 수 없다는 사실을 받아들일 것인지 말 것인지 하는 문제였다. 그리고 선장은 그 자연법칙을 용납하지 않기로 했다. 선장은 단 한 번, 단 한 가지 방법으로 나를 죽인다는 것을 절대로 참을 수 없었고, 그래서 이 여행을 시작한 후로 스무 번 넘게, 스무 가지가 넘는 방법으로 나를 죽였다.

나는 선장의 아들을 딱 한 번, 딱 한 가지 방법으로 죽였는데.

"위탄인에겐 생일이 없지."

"뭐, 어웍."

"후라셈? 태어난 날짜와 관련된 기념일이라서 생일이라고 번역하기도 하지만 후라셈은 생일하고는 달라. 위탄인들은 태어난 후 300일에 한 번씩 후라셈을 치르지. 위탄의 공전 주기인 412일이 아니라 위탄인 신생아에게서 태각이 사라지는 시간인 300일이야. 300일에 1후라셈, 600일에 2후라셈, 900일에 3후라셈 하는 식이지. 그리고 10후라셈이 되었을 때, 그러니까 3000일이 되었을 땐 후라세몬이라는 걸 치르고. 후라세몬은 큰 후라셈 정도로 이해하면 돼. 3000일에 1후라세몬, 6000일에 2후라세몬 하는 식이지. 위탄인들은 그런 후라세몬을 인생의 중요한 통과 지점이나 전환기 같은 걸로 여겨. 가상의 위탄 문학을 인용해 본다면 '얼마 전 네 번째 후라세몬을 치른 원숙한 위탄인답지 않게 아직도 어린애 같은 구석이 있는 모모는…… 운운' 하는 식인 거지. 이야기가 잠시 엉뚱한 곳으로 샜군. 다시 돌아가서, 어쨌든 후라셈은 생일과 달리 행성의 공전과 관련이 없어."

"아욱, 훗."

"단위가 다를 뿐 일정한 간격을 두고 기념하는 거니까 역시 생일과 같은 것 아니냐고? 아냐. 단위가 다르다는 바로 그 사실 때문에 의미가 완전히 달라져. 지구인들은 자기가 태어난 날을 축하하는 거지만 위탄인들의 경우엔 자기가 산 기간을 축하하는 거니까."

"헤, 우, 웍?"

"내가 좀 비약했군. 미안해. 그러니까 말이야. 지구인은 생일을 맞았을 때 '저번 생일 이후로 365일, 혹은 366일을 살았다'고 말하진 않는다는 거지. 그 대신 '생일이 돌아왔다'고 말해. 하지만 위탄의 후라셈은 돌아오는 것이 아니야. 2후라셈은 돌아온 1후라셈이 아니니까. 알겠어? 그래. 맞아. 지구의 생일은 순환적이고 위탄의 후라셈은 직선적이야. 왜 그런 차이가 생길까? 지구의 생일은 달력을 기준으로 하기 때문이지. 지구인도, 음, 예를 들어 '제 몸을 스스로 뒤집을 수 있게 되어 그럭저럭 동물이라고 자칭할 수 있게 되는 시간' 같은 걸 단위로 삼았다면 위탄인과 비슷한 체계를 가졌을지도 몰라. 그랬다면 생일이 '돌아온다'는 소린 안 했을 테고. 하지만 지구인은 달력을 이용했고 달력은 순환하는 거니까 생일도 순환하는 것이 되었지."

"아익. 홉, 어."

"오. 똑똑한걸? 그래. 지구를 벗어나게 되면서 우리는 시간이 순환한다는 선조들의 생각에 좀 어리둥절해 하게 되었지. 우주에 나와 보면 우리가 조그맣고 파란 해시계 위에 살고 있었기 때문에 시간의 순환을 당연하게 여겼다는 것을 깨닫게 되거든. 우주에는 주야도 없고 계절도 없어. 여기서 시간은 도는 것이 아니라 그냥 흘러갈 뿐이야. 그리고 그게 맞아. 시간은 원래 순환선이 아니라 직선이니까. 재는 땔감으로 돌아가지 않고, 잠동

사니들은 다시 구좌 속의 돈이 되지 않고, 아무리 나잇값 하길 거부해도 청춘은 돌아오지 않지. 엔트로피는 오직 점증할 뿐."

"아이이, 아, 와."

"시간이 어떤 것인지 깨달았다면 생일 같은 유치한 자기기만은 이제 그만둬도 되는 것 아닐까? 엄밀히 말해 생일이라는 건 365일만큼 죽음에 더 가까워졌다는 의미지. 좋아할 일이 아냐. 하지만 지구인은 그걸 달력과 연관 지음으로써 따분하고 가엾은 착각을 만들어내지. 생일 파티는 탄생을 의식적으로 반복함으로써 반복되는 탄생이라는 환상을 만들어내는 의례야. 재생의 꿈. 맞아. 불사."

"하홉?"

"아아, 그래. 정말 나와 이야기하는 건 유익하기 짝이 없군. 대화를 끝내야 한다는 것이 정말 아쉬운데. 슬슬 선장이 나를 죽일 시간이거든. 짜이찌엔, 아디오스, 다스비다냐, 사요나라, 오르부아, 집보다 좋은 곳은 없다."

내가 웃었다.

숨이 멎을 것 같은 기분이 들었다. 지금껏 나들은 나를 선장과 동등하게 대했다. 경원시하고 경계했다. 내가 나와 비슷하게 생겼다는 건 의미가 없다. 태어난 후 한 번도 거울을 보지 않았다면 자기가 어떻게 생겼는지 알게 뭔가. 자기가 어떻게 생겼는지 모르는데 상대가 자기와 비슷하게 생겼다는 사실은 어떻게 알겠는가. 자기 모습을 모르는 나들은 내 모습에서 아무런 친밀감도 느끼지 못했다. 그리고 내 목소리에도. 지금껏 내가 전혀 알아듣지도 못하는 이야기를 내게 들려줬던 건 개에게 말을 거는 견주의 그것과 비슷한 동기에서지만, 내가 내 목소리를 알아들을지도 모른다는 작은 희망이 있었기 때문이기도 하다. 제 모습은 보지 못했어도 제 목소리는 들었을 테니까. 가당찮은 바람이었다. 녹음된 자기 음성을 여러 번 들어 그게 자기 목소리라는 걸 기억하기라도 한다면 모를까, 그러지 않는다면 사람은 자기 목소리를 잘 모른다. 거기에 덧붙여 나들은 자바원인 수준의 달변가들이다. 나들이 나들의 신음과 내 언어 사이의 공통점을 느낀다는 건 불가능하다.

그 모든 사정들로 인해, 지금껏 그 어떤 나도 내게 애정을 보인 적이 없다. 애정은 무슨. 희미한 호감이라고 할 만한 것도 못 봤다. 너무하지 않은가. 나들은 나를 동정하고 사랑해야 한다. 내가 바로 나니까. 하지만 어떤 나도 나를 좋아하지 않았다. 지금까지는. 그런데 이 내가 나에게 웃었다. 너무도 오랜만에 보는 미소라 가슴이 찌르르 울렸다. 어쩌면 이것이 작은 변화를……

그때 나의 웃음이 일그러졌다. 뭔가 잘못한 건가?

나는 조바심에 상체를 내밀었다. 내가 다가서자 나는 기다렸다는 듯이 성대하게 재채기를 했다. 미소가 아니라 재채기하기 직전의 표정이었다. 침 범벅이 된 얼굴을 닦아내며 선장이 오늘 내 각을 뜨길 기원해보았다.

애석하게도 선장은 내 각을 뜨진 않았다. 나와 선장을 낳은 민족에게는 접싯물에 코 박고 죽기라는 문학적 향취 그윽한 속담이 있다. 그저 메타포일 뿐이라고 생각할지도 모르지만 이 우주 시대엔 꼭 그렇지도 않다. 그러니까 무중력 환경에선 몇백 밀리리터가량의 물로 사람을 익사시키는 것도 가능하다는 말이다. 믿어도 된다. 내가 그렇게 죽었으니까.

인류의 역사는 인권 확대의 역사라는 말이 있다. 인권은 분명히 확대되어 왔다. 동족 성인 시민 남성에게만 있던 것이 다른 인종에게로, 노예에게로, 여성에게로, 아이에게로 양보가 이루어졌고 동물들에게도 상당 부분 양보되었다. 그런데 여기에는 인권 그 자체의 가치에 대한 이야기는 없다. 자신과 같은 대우를 하겠다는 것이 마치 최고의 대우를 하겠다는 말인 양 굴지만 사실 '더 나은 대우'도 있다. 그 옛날 신에겐 당신의 목숨이나, 당신 아들의 목숨이나, 다른 신을 믿는 이웃의 목숨을 요

구할 권리가 있었다. 그리고 그런 권리가 상당히 무시된 후에도 당신 소득의 10분의 1을 자기 에이전트에게 줄 권리나 교과서에 완벽한 헛소리를 실으려 시도할 권리 같은 건 여전히 강경하게 주장되었다고 한다. 분명히 신권은 인권에 우선한다. 비교 대상이 생기면 인권도 가치 판단을 당할 수 있다.

그리고, 보라. 이제 우리 인류에겐 외계인 친구가 있다. 아무도 드러내어 말하고 싶어 하지는 않지만 인간은 이제 '오직 하나뿐인 것'이 아니라 '여럿 중의 하나'다. 다시 한번 말하지만 하나뿐인 것은 가치 판단이 불가능하지만 여럿이라면 비교가 가능하다.

"다 싱싱합니다, 고갱님. 그렇게 뒤적거리지 않으셔도 됩니다, 고갱님. 이 표정 말씀입니까, 고갱님? 저는 절대로 고갱님 머리채를 잡고 '야, 이년아. 그거 진열하느라 내가 얼마나 고생했는데 또 뒤집어엎니?'라고 외치는 상상을 하고 있지는 않습니다. 고갱님."

그래도 우리는 직원에게 반 고흐가 된 기분을 선사하며 제일 좋은 상품을 찾아 진열대를 뒤엎는다(그래서 우리가 고갱님이라고 불리는 거다.). 인간은 언제나 비교한다. 그러면서 인권과 위탄권은 비교하면 안 된다고 말할 건가? 그거야말로 인간성에 대한 부정이다. 인간인 내가 위탄인 수학자와 지구인 꼬맹

이를 비교한 다음 전자를 살려야겠다고 판단한 것이 비인간적이라고 말하는 건 난센스란 말이다.

야, 이 미친 새끼야. 사람이 사람을 구하지 않는다면 그거야말로 비인간적이지!

"선장. 내 말 어디로 들었습니까? 인간은 비교하고 가치를 매기는 동물입니다. 그리고 인간이 그런 자기 본능에 따라 인간 자신에게 B등급을 먹이는 건 언제나 있었던 일이고요. 모든 종교인들에겐 신이 있고, 파시스트들에겐 국가와 민족이 있었고, 에코 테러리스트들에겐 환경이 있습니다. 사형제가 없는 법체계에도 정당방위는 대부분 있습니다. 정당함이 더 중요하다는 거죠. 인간이 인간 대신 다른 것을 선택하는 건 오히려 가장 인간적인 행동입니다."

그래서 그 위탄놈을 구하려고 내 어린 아들을 죽였다고? 그리고 네가 인간이라고?

"아드님을 안 죽여도 되었더라면 좋았을 거라고 생각합니다."

하지만 죽였지!

"예. 주머레이 박사를 살려냈습니다."

내 아들을 죽였어!

"예. 주머레이 박사를 살려냈습니다. 제기랄. 넌 나를 스물여섯 번이나 죽이고도 그 잘난 아들놈을 못 살려냈지. 난 네 빌어먹을 아들놈 딱 한 번 죽여서 박사를 살려냈어. 아무리 봐도 내 재주가 낫지 않아?"

5분 후 나는 스물일곱 번째로 죽었다. 그냥 스물여섯 번째와 스물여덟 번째 사이의 죽음에 불과한 죽음이었을 수도 있었지만⋯⋯

그렇게 되진 않았다.

총은 민주주의적인 무기다. 총 이전 시기에 전투기술이란 더 큰 권력을 가진 자가 더 강해지는 구조를 가지고 있었다. 검술이든 궁술이든 맨손 격투든 충분한 시간을 소모하지 않고 강해지는 길은 없다. 그리고 시간은 곧 권력이다. 먹거리를 얻기 위해 쓸 수 있는 시간을 무기 수련 같은 돈 한 푼 안 나오는 곳에 쓸 수 있다는 것이 바로 권력이니까. 권력은 시간 외에도 힘센 전투마나 튼튼한 갑옷, 값비싼 병기 같은 형태로 나타날 때도 있지만 어쨌든 본질은 똑같다. 귀족이 더 강하다. 호모이오이가 헤일로타이보다 강하다. 하지만 총은? 10분쯤 훈련받은 마약상이나 소년병은 수백 시간 훈련을 수료한 특수부대원을 순식간에 사살할 수 있다. 총의 세계에는 귀족주의나 계급의식 같은 것이 끼어들 여지가 없다. 선장이 내게 총질을 한다면 그 순간 나와 선장은 동등해지는 것이다.

선장은 그런 생각도 떠올리지 못한 채 총 한 자루를 가져왔다. 아마도 살인자가 되기로 했다면 '셀렉터를 풀 오토에 놓고 방아쇠를 끝까지 당기는' 기분도 맛봐야겠다고 생각했던 모양이다. 다른 병기들의 로망을 깡그리 박살 낸 총이 스스로 유지하고 있는 마지막 로망인 셈이다. 하지만 현대에 와서 그런 짓 했다간 사람이 블렌더에 갈린 꼴을 보게 된다(당연하지만 그 모습에 로망 따윈 없다.). 써본 적이 없어서 선장은 요즘 총이 얼마나 강력한지도 몰랐던 모양이다. 250발 탄창이 비는 데는 0.1초도 걸리지 않았고 그 0.1초 동안 나는 육식 동물의 작은창자쯤에서 목격될 만한 모습으로 바뀌었다.

그리고 나는 척골을 손에 넣었다.

처형이 끝나자 단백질 셰이크가 된 내 시체를 치우는 문제가 남았다. 지금껏 선장의 온갖 살해 수법을 잘 견뎌온 마키아벨리 호의 화물실은 총탄 난사에도 끄떡하지 않았지만 오물이 남아서 우주선 내부의 공기를 오염시키는 건 전혀 다른 문제였다. 내게 총질을 해대기 전에 그걸 생각했더라면 좋았을 텐데. 선장은 격벽을 봉쇄하고 해당 화물실을 격리할 것을 진지하게 고민했지만 결국 재처리 탱크에 집어넣을 수 있는 그 많은 유기물을 낭비하긴 어렵다는 결론을 내렸다. 나도 거들었지만, 결국 0.1초의 그리 통쾌하지도 않은 시간을 즐긴 대가로 선장은 11시간 가까이 살점을 치우고 피를 훔쳐내야 했다. 내 오른쪽 척골이 없어졌다는 건 눈치챌 여유도 없었다.

혹심한 노동은 좀 뜻밖의 결과를 가져왔다. 탈진한 기분 때문에 선장이 만족감 비슷한 것을 느끼게 된 것이다. 아직 뒈지지도 않은 파라오 님의 분통 터질 만큼 커다란 돌무덤을 쌓던 이집트 노예들도 하루가 저물고 밤이 되었을 땐 비슷한 충족감을 느꼈을 거라고 추측해 본다. 결국 선장은 오랜만에 술병을 꺼냈다.

나를 처음 죽였을 때 선장은 그 충격 때문에 폭음을 저질렀고 거의 스무 시간 가까이 인사불성 상태로 지냈다. 두 번째와 세 번째 살인 뒤에도 폭음을 저질렀다. 하지만 그 이후로는 타성에 의해 그러는 것처럼 그저 입만 조금 적셨고, 그러다가 술병을 꺼내지도 않게 되었다. 나는 다시 선장이 머리를 움켜쥔 채 살인자가 된 자신을 비탄하고 저주하는 꼴을 보게 되나 걱정했다. 하지만 이 스물여섯 번째의 살인 뒤 한 잔은 최초의 그것들과는 역시 달랐다. 선장은 정말로 여름날의 진이 빠지는 노동을 끝낸 후 집으로 돌아가는 길에 선술집에 들러 물방울 송송 맺히는 술잔을 받아놓고 있는 사람처럼 보였다. 안온한 피로감에 젖어 한 모금 두 모금 술을 마시던 선장이 말했다.

처음 태어났을 때 내 아들, 정말로 못생겼었다.

"……신생아들이야 다 객관적으로 보면 좀 이상하게 생겼죠."

열 달 동안 물에 퉁퉁 불어 있다가 이제 막 공기 속으로 나온 놈이니까 당연하다고 이해하려고 했지. 하지만 그래도 이건 정말이지 너무하다 싶을 정도로 못생겼단 말이야. 조산사가 아빠랑 꼭 닮았다고 말하는데, 당신 나한테 시비 거냐는 말이 여기까지 올라왔어.

"멋진 첫 만남은 아니었나 보군요."

내가 기대했던 건 그런 것이 아니었어. 내 아들을 보자마자 사랑에 빠지고, 내가 사랑에 빠졌다는 사실이 내 아들에게 전해지고, 그래서 다시 아들이 웃고, 그 모습에 다시 내가 더 행복해지고, 그런 피드백이 계속되는, 그런 환상을 가지고 있었지. 하지만 내가 실제로 만난 건 꿈틀거리는 고깃덩어리였어. 움찔할 수밖에 없었고, 내가 움찔했다는 것에 죄책감이 들고, 그런 죄책감을 들게 만든 그 녀석에게 다시 언짢음을 느꼈지. 물론 그런 언짢음을 느꼈다는 사실에 다시 당황했고.

"그랬습니까."

시간이 지나도 나아지진 않았어. 나아지긴. 더 끔찍해졌지. 정말 미친 듯이 우는 거야. 애를 달래다 달래다 못해 따라 우는 아내 모습을 보고 있을 땐 이게 사람 도는 것이구나 싶은 기분이 들더군. 아내를 달래고 있자니 애가 숨넘어갈 것처럼 울고, 애를 달래자니 아내는 자기 무시한다고 꽥꽥거리고. 난 애 못 기른다. 준비 안 됐다. 애 입양 보내자. 내가 미쳤나 보다. 아니다. 내가 오죽하면 이러겠냐. 나는 나쁜 여자가 아니다. 나는 나쁜 여자다…… 밤새 눈 한 번 제대로 못 붙이고 그런 미치광이 같은 소리에 장단 맞추는 날이 며칠씩 계속됐지.

선장이 헐떡헐떡 웃었다. 예전의 일인데도 다시 떠올려보니 기가 막히는 모양이다.

4년이나 연애한 후에 결혼한, 그래서 속속들이 잘 안다고 믿었던 내 아내의 신경이 그렇게 가늘다는 걸 알게 된 건 정말 놀라웠지. 배신감마저 느꼈어. 난 보통 남편이야. 아내의 실수나 실언을 가지고 몇 년 정도 놀리는 일을 주저하지 않는다는 말이지. 하지만 그 시절의 그 모습 가지고 아내를 놀린 적은 없어. 지금껏 입 밖으로 꺼낸 적도 없지.

계속해서 선장은 자기 아들이 파괴한 것들을 주워섬겼다. 그래서 약간 유치한 자아상의 일부나 아내에 대한 호의적 심상 약간, 그리고 수면 시간 등을 잃은 건 평범한 시작에 불과하다는 걸 알게 되었다. 선장이 13년째 길렀고 그 마지막을 보게 될 거라 확신하던 늙은 개가 선장 곁을 떠나야 했다. 친가에 맡

겨진 개는 며칠 만에 다른 개에게 물려 죽고 말았다. 선장은 개의 죽음을 보지 못한 것을 비통해했지만, 6년 동안 돈을 모아 산 카메라 렌즈의 경우엔 자기 눈앞에서 그것이 박살 났다는 사실이 견디기 힘들었다. 선장은 아직도 자신을 아마추어 카메라맨이라고 소개하지만 그 렌즈가 박살 난 이후 사진이라곤 한 장도 찍지 않았으니 그걸 정확한 자기소개라고 말하긴 어렵다. 하긴 이제 선장이 음악을 듣기 좋아한다거나 영화를 보기 좋아한다고 말하는 것도 정확한 소개가 아니라는 점은 마찬가지다. 하다못해 선장이 면 요리를 좋아하는 식성을 가졌다고 말하는 것조차도. 선장의 아들은 글루텐 알레르기였다. 왜 아니겠는가.

나를 이루던 그 모든 것들을 잃은 덕분에 나는 내가 아니라 아버지가 되었다.

"그랬군요."

참아라, 견뎌라, 자기를 죽여라 같은 말밖에 못 하는 아버지가 되었다.

"예?"

항의해라, 거부해라, 네 이름을 외쳐라 라고 말하는 아버지는 될 수 없었다.

"왜……?"

아버지가 되는 대신 파괴된 것들이 너무도 많았거든. 그래서 내게 남은 것이 별로 없었다. 내가 너무도 왜소해졌다. 그래서 그런 아버지는 될 수 없었다.

"……아아."

원래 가진 것들이 많았다면, 아버지가 되는 대가를 좀 지불하고 나면 거덜이 날 정도로 얕은 사람이 아니었다면 얼마나 좋았을까.

선장은 눈물에 흠뻑 젖어있던 뺨을 닦아냈다.

이제 참고 살다보면 좋은 날도 온다는 그 비겁한 아빠의 위로도 쓸모없어졌다. 왜 그럴까?

질문이 조잡하기도 하고, 다른 이유들도 있어서, 나는 대답하지 않았다.

스물아홉 번째 내가 제3세탁실에서 나왔다.

인간 복제는 물론 불법이다. 하지만 그 어떤 감사 기관도 모든 개척선에는 제2세탁실이 없는 경우에도 제3세탁실은 반드시 존재한다는 사실에 관심을 표명하지는 않는다. 초광속 시대 초기부터 우주로 뛰쳐나간 위탄인들과 달리 지구인 중엔 모든 것이 근사하게 돌아가고 있는 지구를 떠나고 싶어 하는 자가 극히 드물었다. 최근에서야 조금씩 나타나고 있는 개척자들은 정말 귀한 존재이고, 그들에게 두 번째 기회도 없이 가혹한 외계 환경에 맞서라고 강요할 만큼 배짱 좋은 개척단장은 없다. 그러니까, 백억 명이 사는 지구에서 장기 기증자를 찾는 일과 행성 전체를 통틀어 백 명이 될까 말까 한 개척 행성에서 장기 기증자를 찾는 일은 같을 수 없다는 말이다. 그런데 인간 복제는 거부 반응도 없는 완벽한 기증자들을 얻을 수 있는 방법이다. 따라서 개척 행성에서 복제를 금지하려 하는 건 마약이나 도박을 금지하려는 시도만큼이나 현실적이다. 모든 개척선엔 제3세탁실이 있을 수밖에 없다.

음펨바 행성 개척 컨소시엄 소속의 마키아벨리 호에도 제3세탁실은 있었다. 그 제3세탁실이 얼마나 이용되었는지는 모르지만 꽤 성공적으로 이용되긴 한 모양이다. 음펨바는 다른 많은 개척 행성이 맞이하는 다양한 파멸들을 용케 피했고 그 개척은 12단계까지 무사히 완료되었다. 일반적으로 행성 개척 13단계가 되면 개척선은 철수하게 된다. 개척선도 개척자만큼 귀하기 때문에 ── 그런 특수 목적의 값비싼 우주선을 대량 생산하긴 힘들다. ── 여러 번 돌려쓸 수밖에 없다. 마키아벨리 호는 다시 행성 개척에 투입되기 전 필수적인 검사를 받기 위해 음펨바를 떠나 지구로 귀환하게 되었다. 선장은 바로 그 귀환을 책임지고 컨소시엄에 고용되어 마키아벨리 호에 부임했다. 그리고 선장이 음펨바를 떠나기 보름 전 그의 아들이 어떤 위탄인 대신 죽었다. 두 달 전의 일이었다.

애초에 귀환 여행이었으므로 마키아벨리 호에는 개척자가 없었고 선원도 거의 없었다. 선장은 딱 한 명을 따돌림으로써 우주선 한 척을 통째로 훔치는 데 성공했다. 물론 선장이 한시라도 빨리 아들의 원수를 붙잡으려고 우주선을 훔친 건 아니다. 그런 엄청난 절도를 저지르지 않고도 나를 붙잡을 방법은 많았으니까. 선장이 마키아벨리 호를 훔친 건 제3세탁실 때문이었다. 아들의 원수를 수십, 수백 가지 방법으로 죽일 수 있게 해주는 기적의 장치 말이다.

"아, 아아아? 아."

그래. 선장은 미쳤다. 자식을 잃은 다른 부모들보다 약간 더.

선장은 내 복제들을 뇌 활성 상태로 발현시켰다.

제3세탁실에서 모든 복제인간은 반드시 뇌사 상태로 발현된다. 그래야만이 '자기 세포로 복제인간을 발현시킨 후 필요한 장기를 적출하는 일'을 '좀 복잡하지만 본질적으로는 투석이나 자가 수혈과 같은 일'로 취급할 수 있게 된다. 한 번도 뇌가 활동한 적이 없고, 그래서 인생 경험이라고 할 것이 없으며, 영원히 그 상태에서 벗어날 가능성도 없다면, 그리고 의학적으론 명백히 시체라면 그걸 사람이라고 강경하게 주장하긴 어려울 것이다. 당신이 꼭 전신 화상을 입어 당장 새 피부 15,000제곱센티미터 가량이 필요한 개척자가 아니라 해도 말이다.

하지만 선장이 만든 내 복제들은, 내버려 두면, 사람이 될 수 있다.

어차피 죽일 거라면 뇌사 상태로 발현시켜도 아무 상관 없는 것 아니냐고 몇 번이나 지적해보았다. 결과적으로 미친놈에게 미친놈 취급당하는 가슴 벅찬 경험을 하게 되었다. 죽은 놈을 만들어서 죽이라고? 선장의 지적에도 일리는 있다. 하지만 그렇다면 원수의 복제를 만들어서 온갖 방법으로 죽이는 지금의 행태는 무엇이란 말인가. 그 모순을 더 참기 힘들어서 선장이 하는 일은 그저 영아 살해일 뿐 나에 대한 복수가 아님을 지적해 보았다. '그러니까 걔들 죽이지 말고 나 죽여요' 하고 설득하는 것이나 다름없다는 걸 알면서 말이다. 하지만 씨알도 먹히지 않았다.

스물아홉 번째 나, 그리고 스물여덟 번째로 죽게 될 나를 들 것에 눕히고 고정시킨 나는 품속을 뒤졌다. 곧 예리하게 갈고 손잡이 삼아 끈까지 감아둔 척골이 나왔다.

내 척골을 보며 선장 살해를 합리화해보았다. 쉬웠다.

엄연히 독립적인 인간으로 성장할 수 있는 뇌 활성 상태의 복제인간들을 만들어내는 짓과 그들을 학살하는 짓을 멈추기 위해서만은 아니다. 언젠가 선장은 복제를 죽이는 짓에 진력을 느끼고는 원본을 죽이고 모든 것을 끝내자고 결심하게 될 것이다. 대신 죽을 복제만 계속 공급되면 나 자신은 안 죽을 거라 믿는 건 낙관주의도 아니다. 오히려 이만큼이나 여유가 주어진 기적에 감사할 일이다. 살아나려면 반드시 선장을 죽여야 한다.

부자가 모두 내 손에 죽게 된다는 사실에는 눈을 감은 채.

기습은 실패했다. 시작도 하기 전에.

나는 스물아홉 번째 내가 스트랩으로 고정된 들것을 밀며 화물칸으로 향했다. 무중력 공간이니 들것은 운반 도구라기보다 고정 장치에 가깝다. 운반이야 허공에 뜬 복제인간을 툭 밀기만 해도 반대편에 닿을 때까지 둥둥 떠가니 아무 도구도 필요 없다. 하지만 발현된 지 얼마 되지 않아서 아직 손가락 하나 마음대로 움직이지 못하는 복제인간이 버둥거리지 않도록 잘 고정해두는 판이 필요하다. 들것은 그것을 위한 물건이다. 들것에 복제인간을 고정시키고 잘 겨냥해서 그걸 밀면, 역시 반대편에 닿을 때까지 둥둥 떠간다. 행성의 수면을 떠가는 선박처럼.

그리고 그 들것에는 선박이 경험하는 모든 일이 일어날 수 있다.

무중력 공간에서 각운동량은 온전히 보존된다. 스트랩에 묶여 있는 복제인간이 행한 약간의 버둥거림도 둥둥 떠가는 들것에 피칭이나 요잉을 일으키긴 충분하다. 물론 롤링도. 화물칸 앞에 도착했을 때 들것은 성대하게 뒤집힌 채 도착했다. 선박과 달리 그렇다고 침몰할 염려야 없다. 하지만 들것 밑에 접착 테이프로 붙여둔 내 척골이 선장의 시야에 드러나는 것은 문제가 다르다.

그래. 뭔가의 '아래쪽'에 물건을 숨긴다는 건 정말 행성인 같은 발상이다. 나도 잘 안다. 그러니 무중력 공간에선 아래가 언제든 위가 될 수 있는데 그게 언제까지나 아래에 있을 거라고 믿었는가 하는 조롱은 사양한다. 당신은 관찰자 또한 아래위를 자유자재로 바꿀 수 있다는 걸 기억해야 한다. 다른 때라면 선장은 들것이 롤링을 일으키면 자기 몸도 그 각속도에 맞춰 회전시켰을 것이다. 마지막 순간에 들것의 속도를 줄이지 않으면 들것은 벽에 부딪힌 후 똑같은 속도로 반대편으로 움직이게 된다. 그러니 그걸 붙잡아야 하는데, 미리 회전을 일치시켜두지 않으면 빙빙 도는 들것을 붙잡았을 때 몸이 홱 돌아가게 된다. 도킹하려는 두 우주선이 회전을 일치시키는 것을 생각하면 이해하기 쉬울 것이다. 하지만 간만의 음주 때문에 선장은 자기 몸을 돌리기도 귀찮았던 모양이다. 선장은 빙빙 도는 들것을 붙잡는 대신 그냥 발로 툭툭 차서 그 속도를 조절하려고 시도했고, 그래서 그 바닥면을 보게 되었다. 젠장.

끈 감은 척골을 낚아챈 선장은 어리둥절한 눈으로 그걸 살폈다. 잠시 후 선장의 안색이 변했다. 이해가 있었고, 충격이 있은 후, 사악한 즐거움이 나타났다. 선장이 무슨 생각을 하고 있는지 짐작하는 건 어렵지 않았다. 내 뼈로 나를 찔러 죽이는 일이 얼마나 재미있을까 생각하는 표정이었다. 관심 없다. 내게 중요한 건 척골에 찔려죽을 내가 몇 번째인 나인가다.

유감스럽게도 스물아홉 번째가 아니었다. 첫 번째였다.

선장은 괴성을 내지르더니 들것에 고정된 나를 내버려 둔 채 나를 찌르려 시도했다. 두 번의 공격을 용케 피한 후 이판사판이라는 심정으로 왼손을 내밀었다. 기적적으로 그 왼손은 날아오는 선장의 오른쪽 손목을 붙잡았다. 거기서 선장은 참으로 보기 드문 실수를 범했다. 흥분 때문이었을 것이다. 선장은 내 왼손을 뿌리치려고 했다. 나를 우주선으로 때려죽였던 것을 까먹은 모양이다. 무게가 없는 내 몸은 홱 움직였고 그 관성은 선장도 휘말려 들게 만들었다. 결국 선장과 나는 빙빙 돌면서 이쪽저쪽 벽과 바닥에 충돌하며 우주선 안을 떠다니게 되었다. 속도도 줄지 않은 채. 버저 소리와 벨 소리 따위만 울리면 나무랄 데 없는 핀볼 게임이다. 뭐, 그걸 대신할 욕설과 포효와 비명은 충분했다.

그러다가 끔찍한 충격이 다가왔다. 꿍! 하는 듣기 싫은 소리는 조금 후에 울린 것처럼 느껴졌다. 정신이 아득해지는 가운데 당연히 일어날 일이 일어났음을 깨달았다. 머리를 벽에 박은 것이다. 그렇게 바닥과 벽을 걷어찼으니. 속도가 계속 더해지는 이 무중력 공간에서. 치명적이다. 이제 정신을 잃으면, 다시 깨어날 수 없을 것이다. 선장이 나를 깨워서 죽이려고 마음먹지 않는다면. 절대로 기절하면 안 된다. 하지만 힘들다. 이미 의식을 잃은 후라는 기분마저 들었다. 몸 어느 부분이라도 좋으니 한 가지만 움직일 수 있다면. 그러면 정신을 차릴 수 있을 텐데. 하지만 내 몸이 어디 있는지도 알 수 없었다. 나는 어디에 있는 걸까. 나는……

얼마 전 네 번째 후라세몬을 치른 원숙한 위탄인답지 않게 아직도 어린애 같은 구석이 있다는 평을 받는 수학자/항법사인 주머레이 박사는 마키아벨리 호의 복도에서 기묘한 물건을 보고 걸음을 멈췄다.

주머레이는 정말로 항법사였다. 고래로 우주선 항법은 컴퓨터의 소관이었지만 미지의 우주로 나선 지구인 개척자들은 지성을 가진 존재가 판단해야 할 항법상의 문제가 계속 나타나는 것을 경험하고는 저 전설적인 직업을 부활시켰다. 중요한 건 지성이므로 항법사가 지구인이냐, 위탄인이냐 하는 건 관계가 없었다. 사실 지구인보다 먼저 우주로 나섰기에 경험과 노하우가 더 풍부한 위탄인 쪽이 나은 면들이 많았다.

위탄인이 지구인들의 우주선을 탈 경우 일부 구역을 폐쇄하고 위탄 환경을 조성해야 하므로 환경 제어에 약간의 부담이 더 발생하긴 한다. 하지만 12단계 개척을 끝내고 철수하는 귀환선의 경우엔 그런 부담도 무시할 수 있다. 개척자들이 다 하선해서 공간도 남아돌고 환경 제어에 여유도 풍부하기 때문이다. 따라서 지구행 개척선에 지구인 선장과 함께 위탄인 항법사가 부임하는 것에는 아무 문제가 없다. 물론 몇 후라셈 동안 파트너로 활동해 온 선장/항법사 팀이 부임하지 말라는 법은 결코 없다.

실용적으로 생각한다면 위탄인을 귀환선 선장으로 임명해 단독으로 귀환 임무를 수행하게 하는 것도 괜찮을 것이다. 우주선 전체를 그냥 위탄 환경으로 바꾸면 그만이니까. 하지만 인류가 멸망할 때 비로소 같이 사라질 관료주의는 지구인의 개척선엔 지구인 선장이 있을 것을 요구하고 있었다. 그래서 주머레이는 언제나 항법사에 머무를 뿐 단독 선장이 될 수 없다. 그러나 주머레이는 그 사실에 불만이 없었다. 그의 어린애 같은 성격은 선장의 책임감을 못 견뎌 했다. 게다가 그의 파트너인 지구인 선장은 괜찮은 우주인이었다. 몇 후라셈 동안 파트너로 지냈으면서도 환경의 차이 때문에 같은 공간에 있어 본 적이 없고 언제나 번역 프로그램을 통해 대화하는 좀 기이한 사이이긴 하지만 주머레이는 선장을 친구로 여겼다. 친구와 함께 우주를 돌아다니는 일이니 사비를 들여서라도 할 만한 일인데 거기에 돈까지 받으니 주머레이는 만족스러웠다. 그래서 주머레이는 그들의 파트너십이 항상 대형사고의 요소를 품고 있음을 직시하지 않았다.

틀림없이 어느 개척자의 짓일 것이다. 어차피 마키아벨리 호는 지구로 돌아가서 점검받고 수리받을 테니 개척 행성에선 구하기 힘든 정밀부품 몇 가지를 뜯어내도 상관없다고 생각했을 것이다. 그리고 귀환선은 지구인과 위탄인 페어가 맡기도 한다는 걸 몰랐을 수도 있다. 자주 일어나는 일이다. 음펨바에 도착한 주머레이와 선장이 마키아벨리 호의 일부 구역을 폐쇄하고 주머레이를 위한 위탄 환경을 조성한 후 환경 제어 테스트를 해 본 것도 그 때문이다.

주머레이의 거주 구역 기밀이 풀리고 위탄 대기 누출이 일어났을 때 주머레이는 놀라지도 않았다. 그리고 그의 위탄 우주복으로 급하게 달려가지도 않았다. 선장이 기밀이 풀린 구역 바깥의 격벽들을 닫고 다시 봉쇄해줄 것을 확신하고 있었기 때문이다.

선장은 주머레이의 예상대로 행동했다. 늘 있는 일이었다. 그날이 평소와 달랐던 건 하나뿐이다.

선장에겐 인사 책임자로 하여금 자신의 채용 결정을 후회하게 만드는 재주 하나가 일품인 아들이 있었다. 그 아들이 귀환하는 마키아벨리 호에 수습신원 자격으로 승선한 건 이력서에 써넣을 우주 비행시간을 늘리기 위해 아버지를 조른 결과였다. 상사가 아버지가 아닐 때도 천하무적의 게으름뱅이였던 작자였다. 그런데 직속상관이자 우주선에서는 'I am that I am'이라 할 수 있는 선장이 그의 아버지였다. 그는 열심히 환경 제어를 하는 아버지와 아버지의 외계인 파트너를 내버려 둔 채 농땡이를 부려도 아무 상관이 없다고 생각했다. 그는 그렇게 했다. 그가 몰래 놀고 있던 곳은 주머레이의 거주 구역 바깥이었고, 선장이 봉쇄한 2차 기밀 구역 안쪽이었다.

위탄의 대기는 그가 마주쳤던 그 어떤 인사책임자보다 빠른 속도로 그를 해고했다.

아들이 사망하고 며칠 후 선장이 그를 따돌리고 마키아벨리 호를 타고 떠났을 때 주머레이는 컨소시엄 수송국에 그 사실을 보고하지 않았다. 대신 자신의 인맥을 총동원해서 지구의 별뜨기꾼 한 명에게 우주선을 빌렸다. 별뜨기꾼의 우주선이 흔히 그렇듯이 가운데 격벽이 있고 한쪽은 지구 환경, 다른 쪽은 위탄 환경으로 꾸며져 있는 우주선이어서 새로 조정할 필요도 없었다. 주머레이는 별뜨기꾼과 함께 마키아벨리 호를 추적했다. 지구인 별뜨기꾼과 위탄인 항법사가 힘을 합쳤기에 그들은 겨우 2개월 만에 마키아벨리 호를 발견할 수 있었다. 그들은 몇 시간 동안 통신을 시도했지만 마키아벨리 호는 아무 대답이 없었다. 결국 누군가가 건너가야 했다. 별뜨기꾼은 마키아벨리 호 내부는 지구 환경일 테니 자기가 건너가는 것이 어떻겠냐고 말했지만 선장이 어떤 상태일지 알 수 없었던 주머레이는 자신이 들어가겠다고 고집했다. 그의 주장이 받아들여졌다. 강제 도킹이 완료된 후 주머레이는 위탄 우주복을 입고 마키아벨리 호 안에 들어섰다.

그리고 그곳에서 주머레이는 허공에 떠 있는 지구인의 내장 기관을 보고 이동을 멈췄다.

같은 종족이었다면 커다란 충격을 받았겠지만 주머레이는 그리 큰 충격을 느끼진 않았다. 대신 그는 의아함을 느꼈다. 그 내장 기관은 고리 매듭이 지어져 있었는데 아무리 봐도 지구인이 자살에 사용하는 올가미처럼 보였다. 그러니까 지구 표면에서 자살할 때 말이다. 무중력의 우주 공간에서 목을 매다는 건 불가능하다. 주머레이는 그런 말도 안 되는 물건이 왜 필요한지 알 수 없었다.

조금 후 주머레이는 그것에 대해 더 이상 고민하지 않게 되었다. 의문이 풀려서 그런 건 아니다. 주머레이도 큰 충격을 받을 수밖에 없는 광경이 펼쳐져 있었다. 선장이 보였다. 그를 찾으러 우주 공간을 2개월이나 날아왔지만 주머레이는 바로 선장에게 달려갈 수 없었다. 어느 쪽으로 가야 할지 알 수 없었기 때문이다. 선장이 둘이었다.

위탄인에게 지구인은 다 비슷해 보인다고들 하지만 주머레이는 파트너인 선장과 다른 지구인들을 구분할 수 있었다. 그리고 거기에 있는 건 분명 두 명의 선장이었다. 멍한 심정으로 두 선장을 보던 주머레이는 가까스로 지구인들이 하는 복제를 떠올렸다. 선장이 자신의 복제를 만든 모양이다. 하지만 왜? 그 영문을 알 수 없는 내장 올가미를 만들려고? 지구인만의 비밀스러운 의식인 건가? 고민하던 주머레이는 선장에게 직접 물어보자고 결심하고는 두 선장을 살폈다. 들것에 묶여 있는 쪽은 정황상 아무래도 복제일 것 같았다. 복제가 원본을 묶는 건 힘들 테니. 주머레이는 그렇게 판단하고는 손에 뭔가를 쥔 채 기절해 있는 쪽으로 다가섰다. 거기서 주머레이는 또 이해할 수 없는 것을 보았다.

선장은 아무래도 지구인의 골조직처럼 보이는 걸 쥐고 있었다. 그런데 그 모습은 지구인이 두 손으로 뭔가를 쥐는 일반적인 모습이 아니었다. 선장의 오른손은 골조직을 쥐고 있었지만 왼손은 그 오른쪽 손목을 쥐고 있었다. 도대체 무슨 파지법인지 알 수 없었다. 늘어가는 의혹에 곤혹스러워하던 주머레이가 선장을 붙잡았다. 그는 위탄인들이 일반적으로 친밀한 접촉에 쓰는 3열 부속지로 선장을 흔들었다.

신음. 그리고 잠시 후 선장이 눈을 떴다.

순간이동의 의미에
관하여

나의 증조부님이 빠진 앞니의 처리에 대한 교훈적이면서도 황당한 이야기를 듣던 시절, 그러니까 아직 확정 장치가 개발되지 않아서 연소 장치를 추진력으로 이용하던 시절, 지구 위를 횡행하는 탈것 중에 수상비행기라는 물건이 있었다.

이름에서 짐작할 수 있듯 수상비행기는 수면에서 뜨고 내릴 수 있는 항공기였다. 지구 표면의 70퍼센트가 수면이니 쓸모가 있는 물건이라고 오해하기 쉽지만, 사실 그렇게 걸출한 물건은 아니었다. 물의 저항 때문에 날아오를 때 연료 소비가 심했고 유체인 수면은 단단한 지면보다 불안정성이 높았다. 그 시절 항공모함이라는 괴물이 있었던 이유도 그 때문이다. 당시 기술

수준에서는 물에 뜨는 비행기들을 만드는 것보다 물에 뜨는 비행장을 만드는 편이 효율적이었던 것이다. 하지만 항공모함을 운용하는 것이 더 낭비인 분야에서는 그럭저럭 쓸모가 있었기에 수상비행기는 제한적으로 사용되었다.

확정 장치 이전의 고전 공학에 대한 이야기를 하려는 것은 아니니 안심하기 바란다. 내 증조부님이 내준 수수께끼를 말하고 싶은데 그걸 이해하려면 먼저 수상비행기에 대해 알아야 한다. 과거 증조부님이 내게 질문했다.

"수상비행기가 사고를 당하면 항공 사고겠니, 해양 사고겠니?"

사고는 다 비극이라는 인본주의 관점은 사양하고 싶다. 동의하지 않는 것은 아니지만 실제적인 문제 해결에는 도움이 안 되는 대답이다. 당신이 보험사원이라고 가정해보라. 당장 긴장하고 말 것이다. 항공보험과 해상보험 중 어디에서 수상비행기 사고를 관할해야 할 것인가?

저 질문을 바꾸면 이렇게 된다. 수상비행기는 비행기인가, 배인가? 하늘을 날면 비행기, 물 위를 떠다니면 배라고 생각하고 싶었던 우리 조상님들에게 저 문제는 설핏 봐선 간단한데 파고들수록 골치가 아파지는 종류의 문제였다. 대부분의 조상님들은 수상비행기를 비행기로 여기고 싶어 했다. 그래서 이름에도 비행기라는 단어가 들어가 있다. 하지만 관점을 바꾸면 수상비행기는 평소엔 물 위에 떠 있다가 항해하는 도중에 수면 위로 떠오르는 배라고 생각할 수도 있다. 잠수함이 항해하는 도중 수면 아래로 가라앉는 배인 것처럼 말이다.

다인 누나는 그 말에 코웃음을 쳤다.

"철학적인 이야기네. 하지만 비행기는 양력을 이용했고 배는 부력을 이용했다는 본질적인 차이가 있어. 수상비행기는 양력을 이용하는 비행기였어."

나는 누나의 금빛 눈을 마주 보며 침착하게 응수했다.

"수중익선도 양력을 이용했는데?"

"어? 증조할아버지께서 그렇게 받아치라는 것까지 알려주셨어?"

"그리고 어차피 양력과 부력은 유체 속의 물체에 작용하는 압력 차이를 나타내는 말이라는 점에서는 같은 말이잖아, 누나. 양력은 물체의 추진력 때문에, 부력은 지구의 중력가속도 때문에 생긴다는 점이 다를 뿐이지."

"그렇게 보고 싶다면 어차피 세상의 모든 힘은 두 가지밖에 없어. 그나마도 조만간 하나로 통합될 것 같고. 그런데 정답은 뭐야? 항공 사고야, 해양 사고야?"

"해양 사고."

"옛날 사람들이 그렇게 철학적이었어? 수상비행기는 곧 배
다?"

"아니, 수상비행기가 고장 나면 구조도 배로 해야 되고 오염
되는 것도 바다니까 그랬을 거야. 업무상 편의 때문이지."

다인 누나는 허탈한 표정으로 나를 보다가 내 젖꼭지를 꼬
집으려 했다. 퇴치할 날이 요원한 다인 누나의 악습이지만 나
는 저항의 몸짓을 했다. 물론 소용은 없었다. 다인 누나는 나
를 비난했다.

"뭐야, 결론이 시시하잖아. 재미도 없고 놀랍지도 않고."

"교훈하고 결론을 헷갈리지 말라고."

"교훈? 그 이야기의 교훈이 뭔데?"

"교훈은 스스로 알아내는 거야."

다인 누나는 당장 팔짱을 끼고 생각에 잠겼다. 모든 것에서
교훈을 찾아내길 좋아하는 미덕을 가지고 있어서가 아니라 뭐
든 승부욕과 연결 짓길 좋아해서다. 나는 씩 웃고는 확정차 밖
을 내다보았다.

확정차 아래로 말라카 해협의 푸른 바다가 굼실거리고 있었
다. 우리 조상님들은 확정차가 자동차인지 비행기인지 고민했
을지도 모르겠다. 다인 누나식으로 말하면 지금 우리 확정차
는 반작용력을 이용하고 있으므로 로켓이라고 해야 할 것이다.

하지만 확정차는 조만간 마찰력을 이용하여 우마사의 지면을 달릴 것이다. 옛날 사람들은 다인 누나와 내가 타고 있는 물건을 비행차라고 부르고 싶어 했을 것 같다.

"우마사가 타갈로그어로 무슨 뜻이라고 했어? 행운?"

승부욕은 지구력과 결부되었을 때만 긍정의 효과를 낳는다. 교훈 찾기에 관심을 잃어버린 다인 누나에게 내가 말했다.

"희망."

"예인이가 그러던데 우마사를 세운 건 해적들이라며?"

"그렇게 볼 수도 있지. 유라시아 횡단 고속철이 부산에서 헬싱키까지 이어지자 말라카 해협 물동량이 줄어들었고……."

그리하여 넘쳐나는 무기들을 가지고 뭘 해야 할지 알 수 없어진 말라카 해적들은 자기 머리를 쏜다는 명안을 내버려 두고 해협 인근의 국가들을 쏘기 시작했다. 슬프고 황당하고 괴상한 일들이 거듭되다가, 누가 원했는지 명확하지 않지만 하여튼 우마사라는 신생 국가가 나타났다. 우마사 사람들도 자기 나라 이름을 낯설어하고 자기가 엉뚱한 곳에 있다고 느끼고 있다. 뭐 후자의 감정이야 어느 나라의 어떤 국민이든 느끼는 것이긴 하지만.

"하지만 그렇게 따지면 로마를 세운 사람들은 사비니 여자들을 납치한 납치범들이지. 폭력 없는 건국은 없어, 누나. 우마사 사람들도 자기들 시조 중에 해적이 있다는 것을 머리로는 이해하지만 가슴으론 자기들이 영웅들의 후손이라고 생각하고 싶을 거야."

"왜? 해적도 근사하잖아."

"누나, 해적은 인류 역사상 가장 미화가 많이 된 직업 중 하나야. 창녀는 미화가 안 되었는데 해적은 미화되었다는 걸 가지고 문제 삼는 페미니스트가 없다는 것이 놀라울 정도야. 해적에 비하면 창녀는 박애주의자라고 할 수 있어. 국제법상 해적이 뭔지 알아? 인류의 적이야."

"어쩌지? 그렇게 말하니까 더 멋있게 들린다. 인류의 적들이 만든 희망이라는 이름의 나라. 근사한 패러독스잖아. 언니가 갈 만한 곳이야."

수인 누나가 우마사로 간 것은 평양 조약 비가입국이기 때문이라고 말해주고 싶었지만, 오늘치 잘난 척은 다 한 것 같았기에 그냥 입을 다물기로 했다. 다인 누나의 한계는 언제나 불확실하기에 모험을 하지 않는 편이 좋다.

그리고 다인 누나의 해석을 낭만주의로 매도할 수만도 없었다. 멀린이 보았다면 전업을 고려해볼 만큼 기막힌 현대 기술의 마법으로 중무장하고 있지만 그 작동 원리에 대해서는 눈곱만큼도 모르는 보통의 현대인인 나는 좌수인이 한 일을 가늠하기 어려웠다.

그런 나에게 다인 누나의 동생 좌예인은 간단히 설명해주었다.

"큰언니는 인류 역사상 최고의 패러독스를 만들어낸 거야."

그런 여자가 우마사로 갔다는 것은, 혹은 가지 않았다는 것은 꽤 어울리는 일이긴 하다.

패러독스. 그게 문제다. 내 애인의 언니가 우마사로 간 것인지 가지 않은 것인지조차 확실히 말하기 어렵다.

"피영우 작가님이 우마사로 가는 것은 좌수인 박사님을 만나기 위해서입니까?"

"저는 좌수인 박사를 만나기 위해 우마사로 갈 예정이지만, 그 말이 좌수인 박사가 우마사에 있다는 뜻은 아닙니다."

정신병자의 진료 기록이 아니라 한국을 떠나기 전 기자들과 내가 나눈 대화다. 기자들과 나 모두 웃을 수밖에 없었다. "Beam me up, Scotty!*"로 다 해결할 수 있었던 「스타트랙」 제작자들은 정말 속이 편했을 것이다.

확언하는데 순간이동 같은 건 잘 모르는 사람이 발명하는 편이 좋다. 애인의 언니 같은 사람이 그런 걸 발명하고 인류 최

---

* 「스타트랙」에서 함장인 커크가 원격 전송장치로 엔터프라이즈 호에 귀환하기 위해 사용하는 유명한 대사.

초로 순간이동까지 해버리면 사는 것이 정말 피곤해진다.

우마사 사람들은 대단히 협조적이었다. 적대감을 예상했던 것이 민망해질 정도였다. 우마사 영공에 들어선 후 채 두 시간도 되지 않아서 나와 다인 누나는 수인 누나를 전격적으로 만날 수 있었다. 그것도 인도양이 내려다보이는 풀장 옆에서. 당혹스러웠다.

다인 누나는 분개하여 말했다.

"이게 뭐야? 풀장? 비키니? 럼 앤 코크? 언니, 수영복 좀 빌려줄래? 난 안 가져왔어."

나는 울상을 한 채 징징거렸다.

"다인 누나."

"조용히 해, 영우야. 나도 살갗 좀 그을리자. 언니?"

선탠베드에 누워 있던 수인 누나는 웃으며 사람을 불러 다인 누나의 편의를 돌봐주라고 말했다. 광분하여 달려가는 다인 누나의 뒷모습을 보다가 나는 선탠베드 옆에 걸터앉았다.

"우마사에서 범죄를 저지르고 싶어지네요."

"범죄? 왜?"

"밀입국자한테 이렇게 잘해주잖아요."

수인 누나는 폭소를 터뜨렸다. 잠시 후 그녀는 헐떡이며 말했다.

"맞네. 밀입국이네."

농담이 되돌아올 거라 예상했던 나는 평소의 수인 누나가 아니라고 생각했다. 하긴 아무리 태연하게 행동하고 싶어도 무의식중에 긴장하지 않을 수 없었겠지.

나는 주위를 둘러보았다.

"그게 워낙 커서 이동을 못 한 건가요?"

"그거라니?"

"좌 머신, 수인 머신. 어느 쪽이 좋아요? 순간이동 장치 말이에요. 예인이는 굉장히 큰 확정 장치를 여러 대 쓸 테니까 그 기계도 엄청나게 클 거라고 하던데요. 누님이 이 호텔에 떨어진 바람에 그걸 움직일 수 없어서 여기 머무시는 거 아니에요?"

수인 누나는 고개를 가로저었다.

"내가 여기 있는 건 여기가 쾌적하기 때문이야."

"그것뿐이에요?"

"응."

이젠 수인 누나를 바보 취급해도 될 것 같다. 그래서 그렇게 했다.

"누님은 언론 전략 같은 말 들어보지도 못했어요? 지금 할 일 없는 사람들이 우마사 위성사진을 얼마나 갱신해대는지 알아요? 이런 모습 찍혀 봐요. 참 좋은 소리 듣겠습니다."

"그거 정말 재미있겠다. 공식적으로 우마사에 없는 여자가 우마사에서 선탠하고 있는 사진이라."

"혹시 그걸 노리고 야외에 나와 있는 거예요? 순간이동이 성공했음을 인정하게 하려고? 하지만 위험한 일이에요."

"맞아. 그래서 숨어 있잖아."

"예?"

"영우야, 창문도 하나 없는 지하의 스테인리스 분위기 팍팍 풍기는 밀실에 숨는 건 영화에서 분위기 잡으려고 하는 짓이야. 네가 어디 숨어야 된다면 나처럼 숨어야 해. 상업 위성으로도 쉽게 포착되는 곳에 발랑 누워 있는 거야. 그러면 아무도 너를 못 죽여. 너를 보호하고 있는 사람들도."

긴장하던 나는 수인 누나가 마지막에 덧붙인 말에 어리둥절해졌다.

"누님, 그런 사람들이 있긴 할 거예요. 누님이 한 일이 보도된 후 전 세계 증권시장 중에 서킷 브레이크가 발동되지 않은 곳이 한 곳도 없어요. 모두 운송 관련 주식의 폭락 때문이었지요."

일주일 전 수인 누나가 한국에서 우마사로 공간 이동한 것이 보도된 후 전 세계 증권가는 블랙 먼데이의 전설을 영원히 잊어버리게 되었다. 그러나 초토화된 증권시장은 사람들이 받은 심리적 타격을 표현하기엔 오히려 부족한 실례다. 운송은 경제보다 더 오래된 활동이다. 원시인들이 채집한 열매를 가지고 피곤한 발을 끌며 동굴로 돌아온 것이 운송의 시작이었으니까. 농업이니 경제니 정치니 예술이니 하는 것들은 운송이 있은 후에, 즉 어떤 물체가 지구상의 어느 위치에 있느냐에 따라 그 가치가 달라진다는 운송의 기본 법칙이 있은 후에 가능해진 일들이었다. 순간이동은 운송의 기본 법칙을 뒤흔드는 일이었고, 따라서 운송 후에 발생한 인류의 모든 문명은 그 뿌리부터 흔들렸다.

"그러니 운송업 관련자 중 일부는 화가 나서, 혹은 밥그릇을 지키려고 누님을 어떻게 하려고 할 수 있겠지요. 하지만 이 나라에 그런 사람이 어디 있겠어요? 이 나라 사람들은 말라카 해협의 영광을 누님이 부활시켜줄 거라고 믿어서 누님한테 잘해주는 것 아니에요? 평양 조약도 조약이지만 그런 이유에서 누님이 여기로 온 거라고 추측했는데요."

"피 작가님, 생각 많이 했구나. 충분히 하진 못했지만."

"그럼 가르쳐주세요. 이 나라 어디에 위험 요소가 있지요?"

"이 나라 사람들은 종교가 어쨌든 대부분 독실한 신자들이거든."

다시 당황했다. 나는 눈을 슴벅이다가 말했다.

"종교와 누님이 무슨 관련이 있지요?"

"내가 모든 종교에 사형 선고를 내렸거든."

"예? 그게 무슨 말이죠? 순간이동과 종교가 무슨 관련이 있는데요? 혹시 사이비 종교라도 만들 생각이세요?"

"바보들의 광대가 되는 일에는 취미 없는데."

"그러면 종교에 대한 사형 선고라는 것은 무슨 말이에요?"

수인 누나는 선글라스를 이마 위로 밀어 올리고는 나를 똑바로 바라보았다.

"영우야, 너는 내가 좌수인이라고 생각하니?"

나는 수인 누나의 눈을 보았다. 다인 누나와 같은 눈이지만 그 눈은 새카맣다. 내가 잘 아는 눈이었다. 나는 고개를 끄덕였다.

"그러면 영우 너도 물리적 복제자는 심리적 복제자라는 것에 동의하는구나."

"예, 그것 때문이에요? 영혼이 없다는 것을 증명했다는 것?"

수인 누나가 무슨 말을 하는 건지 알았다고 생각했다. 영혼이 존재하지 않는다는 사실이 증명되었다면 종교가 생활인 사람들에겐 상당히 강력한 충격이 될 수도 있을 것 같다. 내가 그 사실을 진작 떠올리지 못한 건 종교에 가까이 간 적이 없기 때문일 것이다. 아마 종교도 그 사실에 기꺼워할 것이다.

하지만 수인 누나는 고개를 살짝 흔들었다.

"그 이상이지. 너는 순간이동이 뭐라고 생각하니? 아주 빠른 이동 수단?"

"궁극의 이동 수단이죠. 그것 때문에 누님이 전 지구적인 스타가 된 것 아닌가요?"

"아니야."

"예? 아니라고요?"

"아니야. 사람들은 그 사실에만 흥분하고 있지만, 이동 속도는 절대로 중요한 문제가 아니야."

"그럼 뭐가 중요하죠?"

"순간이동에서 공간의 변화에 대해서는 잠시 잊어봐."

"예? 공간의 변화를 잊으라고요?"

"그래. 공간의 변화에 대해 잊어. 그러면 순간이동이 뭐지?"

그게 가장 중요한 요소가 아니냐고 되묻고 싶었지만 입을 다물었다. 수인 누나의 얼굴은 최소한 풀하우스는 넘는 패를 쥐고 있는 포커꾼 같았다. 그래서 나는 침묵한 채 그 말에 대해 생각해보았다. 순간이동에서 공간의 변화를 제외하면 뭐가 남지? 어떤 사람을 어떤 장소에 출현하게 만드는…….

다음 순간 나는 컥 하는 소리를 내고 말았다.

수인 누나는 싱긋 웃더니 우마사의 하늘을 바라보았다. 나는 숨을 몰아쉬며 폭주하는 사고와 로데오를 벌였다. 순간이동은, 순간이동은…… 원하는 장소에 자신을 고정시킨다는 의미다. 즉 시공간 내 자신의 존재를 자기 스스로 결정하는…….

이 말도 안 되는 패러독스…… 그것은 곧…….

나는 침을 삼켰다. 내가 할 말이 인류 최초는 아닐 것이다. 무수히 많은 사람이 비슷한 말을 했다는 것에 내기라도 할 수 있다. 그걸 생각하면 김이 빠지는 기분이 들었다. 하지만 역시 내 입으로 이런 말을 한다는 것은 충격적인 일이다.

"영생이 가능한 것이군요."

수인 누나는 하늘을 보며 졸린 목소리로 말했다.

"그 대답은 좀 기다려야 할 수 있겠는데."

"얼마나?"

"영원히."

일반 상대성 이론 발표 당시 '너무도 어려워서 전 세계에서 오직 12명만이 이해할 수 있다'는 이야기가 나왔던 것을 기억하는가? 아마 리처드 파인만이 그랬을 것이다. 수인 누나가 우마사 사람들에게 한 짓은 그것의 변형이었다. 수인 누나는 확정 장치를 이용한 순간이동의 이론은 너무도 심오해서 우마사에는 그걸 이해할 만한 사람이 없으니 해외에서 천재들을 스카웃해 와서 프로젝트팀을 만들 때까진 아무 일도 하지 않겠다고 말했다. 우마사 사람들은 자기들이 확정 장치의 오남용 규제에 관한 평양 조약에 가입하지 않았다는 행운에 즐거워하느라, 그리고 과거 전 세계 물동량의 4분의 1을 소화했던 말라카 해협의 영광이 부활할 거라는 전망에 흥분하느라 바빠서 미처 모욕을 느끼지 못한 것 같았다.

그리고 수인 누나의 말을 꼭 허풍이라고 할 수는 없었다. 지구상에서 그 일이 어떻게 일어난 건지 이해하는 사람이 현재로선 좌수인뿐이니까. 하지만 그건 다른 학자들이 전부 멍청해서가 아니라 수인 누나가 우마사로 순간이동 하기에 앞서 연구 자료를 대부분 파기했기 때문이다. 그 결과로 한국인들은 전부 물리학자가 되었다. 물리학자들처럼 화를 냈다는 말이다. 우마사에 군대를 보내서라도 좌수인 박사를 데려와야 한다는 말이 인터넷 얼간이들이 아니라 사회지도층 인사의 입에서 나왔을 정도이니 한국인들이 얼마나 꼭지가 돌았는지는 짐작하고도 남음이 있다. 만약 한국인들이 우마사 특급 호텔의 칵테일 라운지에서 동생의 애인에게 바텐더 노릇을 시키며 동생과 시시덕거리고 있는 수인 누나를 봤다면 입에 거품을 물었을 것이다.

그러지 않으려 애썼지만 나도 꼭지가 좀 돌 것 같았다.

한국 정부가 나에게 바라는 것은 죄수인을 설득하여 귀국시키는 것이었다. 나는 우마사가 누나를 내줄 리 없다고 생각했지만 한국 정부는 한국에서 우마사로 간 바로 그 방법으로 되돌아오면 우마사 사람들이 어떻게 막을 거냐고 지적해서 나를 의기소침하게 만들었다. 하긴, 순간이동자의 이동을 그 자신 외에 누가 막을 것인가. 놀랍게도 정부에도 상식적인 인물이 있었던 것이다. 전쟁 선포나 특공대의 납치 작전 같은 엔터테인먼트 쇼는 불필요하다. 설득의 말이면 충분했다. 그건 벼락을 몇 차례 맞기 전에는 일류가 될 가능성이 요원한 글쟁이도 할 수 있는 일이다.

하지만 수인 누나는 우리의 회합을 대단히 호사스러운 휴가 분위기로 만들었다. 유감스럽게도 타인 부담으로 열대의 특급 호텔을 통째로 쓴다는 상황은 그런 분위기 창출에 최적의 조건이었다. 다인 누나는 거의 정신을 잃을 정도로 좋아했다. 무용을 그만둔 이후로 그렇게 좋아하는 것은 처음 보았고, 그래서 나는 차마 누나의 즐거움을 방해할 수 없었다.

순간이동 장치라도 있었다면 화젯거리로 삼을 수 있었겠지만 호텔을 아무리 뒤져봐도 수상쩍은 물건은 보이지 않았다. 아무래도 좌 머신인지 수인 머신인지 모를 그 물건은 우마사

군대의 비밀 창고 같은 곳에 있고 수인 누나는 정말로 여기서 놀고 있었던 모양이다. 결과적으로 나는 '복권에 당첨된 세 젊은이의 열대 여행 분위기'에서 헤어날 수 없었다.

하지만 한국 정부의 바람에 부응하지 못한다는 시민적 자괴감이나 인류 문명의 전환기임이 분명한 상황에 전혀 어울리지 않는 놀이판 분위기보다 더 내 머리를 어지럽히는 것은 따로 있었다. 나는 순간이동 장치가 곧 영생 장치라는 사실에 익숙해지느라 정신이 없었다.

이틀쯤 지나자 겨우 머리가 정리되었다.

수인 누나의 말처럼 순간이동에서 공간의 변화에 대해 잠시 잊어보자. 아예 원래 있던 자리로 순간이동 한다고 생각해보자. 제자리로 순간이동 한다면 아무 짓도 하지 않는 것과 무슨 차이가 있냐고 묻고 싶을 것이다. 실제로 눈에 보이는 현상에는 아무 차이가 없다. 하지만 그 둘은 천지차이다. 아무 일도 하지 않았을 경우 당신은 그때까지 당신을 지탱해온 물리 법칙에 의해 존재한다. 하지만 제자리로 순간이동 하는 경우 당신은 당신에 의해 존재하게 된다.

어이없는 일이다. 수인 누나는 물질만 이동시켜도 이전과 같은 사람임을 보여줌으로써 영혼이 없음을 증명해놓고 동시에 영생이라는 모든 종교의 가장 중요한 장사 밑천을 실현시켰다.

바꾸어 말하면 의식을 내분비선의 목소리로 격하시키면서 동시에 의식을 존재의 근거로 격상시켰다고 할 수 있다. 예인이가 말한 '인류 최고의 패러독스'라는 말은 내가 짐작했던 것보다 훨씬 심대한 의미였다.

이 자매, 무섭다. 다인 누나가 다른 두 자매와 다르다는 사실이 정말 고마웠다.

"순간이동의 진정한 의미를 깨달았습니다."

우마사에 도착한 지 사흘째 되는 날, 다인 누나가 호텔 앞쪽 바다로 패러세일링을 하러 떠나는 바람에 겨우 수인 누나와 남은 내가 말했다. 성실한 연인답게 다인 누나는 모든 놀이에 나를 동참시키고 싶어 했지만 2인용 낙하산이 없었기 때문에 나는 동행을 거절할 수 있었다. 그래서 수인 누나와 나는 호텔 테라스에 앉아 다인 누나가 패러세일링하는 광경을 보고 있었다.

수인 누나가 말했다.

"진정한 의미가 뭔데?"

"순간이동은 우주 어디에든 자신을 실현시킬 수 있다는 의미지요. 자신의 존재를 위해 자신만을 필요로 한다는 말입니다. 영생이지요. 누님은 모든 종교를 박살 내면서 동시에 여신이 되셨군요."

수인 누나는 대답하지 않았다. 내가 조바심을 느낄 무렵 수인 누나가 나른하게 말했다.

"다인이는 지금 항해 중이니, 비행 중이니?"

"예? 아아, 다인 누나가 수상비행기 이야기를 했군요."

"그래. 똑똑한 언니라면 알 거라고 말하며 질문했지만 속이 뻔히 보이는 소리지. 자기 애인 똑똑하다는 것 자랑하고 싶어서 한 소리일 거야. 어쨌든 항해야, 비행이야?"

나는 칵테일 잔에 맺힌 물기를 훔쳐내며 다인 누나를 보았다. 작지만 강력해 보이는 확정선이 인도양의 해면을 질주하고 있었고, 그 뒤로 길게 이어진 로프 끝에서 다인 누나가 낙하산에 매달려 둥둥 떠다니고 있었다. 어떤 표정을 하고 있을지 짐작이 갔다.

가슴이 시려 오는 것을 느끼며 내가 말했다.

"항해라고 봐야 하지 않겠어요?"

"사고 나면 배로 구출해야 하니까?"

"그것도 그렇지만, 배에 연결되어 있으니까요. 수상비행기보다 배에 더 가까운데요. 그렇지요, 항해 중인 배에 특이한 방식으로 탑승하고 있다고 봐야겠군요."

수인 누나는 한참 침묵한 후 말했다.

"너와 다인이를 보내줬으니 예인이가 인질이니? 유피미즘은 빼줘요, 바텐더."

"아직 가시적인 움직임은 없습니다. 예인이는 평소처럼 지내고 있어요. 저나 예인이가 모르는 차원에서 감시가 있을 수는 있겠지만."

"원하는 것이 설계도야, 나야?"

"누님이라고 하더군요. 반만년 역사에 처음으로 세계에서 통크다는 소리 들을 기회가 왔는데, 역시 한국도 독점을 원하는 모양입니다. 하긴, 비난할 수도 없지요."

"여러 곳에서 집적거렸을 텐데, 너는 얼마나 챙겼니?"

"글쎄요. 피라미드를 전통적인 방식으로 건설할 수 있을 정도는 제안받았습니다."

수인 누나는 소리 내어 웃었다.

나는 그 웃음이 끝나길 기다려 대답했다.

"전부 사양했습니다. 변사하고 싶진 않아서요."

"예인이나 나와 달리 다인이는 아빠를 닮아서 착해. 그래서 아무 생각 없이 저렇게 좋아하지. 영우 네가 있어서 다행이야."

이 자매의 어머니가 무서워졌다. 수인 누나는 테라스 난간에 팔꿈치를 고이더니 고개를 쭉 내밀어 다인 누나를 바라보았다. 수인 누나는 푸념하듯 말했다.

"항해를 하려면 그냥 배에 타는 편이 낫지 않아?"

확정선이 크게 선회하고 있었다. 다인 누나는 아마도 즐거워 비명을 지르고 있을 것 같았지만 파도 소리와 확정선의 소음 때문에 들리진 않았다.

"비행이라고 생각하세요?"

"이동하고 있다고 생각해."

"그건 동감할 수밖에 없는 말이군요."

"통 크다는 소리를 들을 기회라고 했니? 어째서지?"

나는 현지인이 우마사 슬링이라고 부르는 칵테일을 마셨다. 우마사 슬링이라, 기계적으로 번역하니 재미있는 뜻이 되는군.

"저는 그 기술이 결국엔 모든 사람에게 무상으로 제공될 거라고 생각합니다. 누구에겐 필요하고 누구에겐 불필요한 것이라면 상품이 될 수 있고 구매자가 대가를 치르는 건 당연하죠. 하지만 순간이동 기술은 모든 이들에게 필요할 겁니다. 영원히 사는 사람들을 위한 새로운 세상이 만들어질 테니까요. 늦든 이르든 그렇게 될 거라면 차라리 지금 당장 모든 이들과 공유하고 싶다고 말하는 것이 체면 차릴 기회지요. 그러니까……."

훗날 차분히 생각해볼 기회가 있었지만 그 순간 일어났던 일들을 설명하기 어렵다. 확실히 일어났다고 생각되는 첫 번째 사건은 내가 갑자기 다인 누나를 돌아본 것이다. 하지만 왜 그랬는지는 기억나지 않는다. 수인 누나의 시선에서 무엇인가를 깨달았다는 현실적인 설명과 연인들의 공감이 이루어졌다는 비현실적인 설명 모두 마음에 들지 않는다. 어쨌든 나는 다인 누나를 보았고, 다인 누나가 하늘로 붕 떠오르는 모습을 보며 소리 없는 비명을 질렀다.

확정선과 연결된 줄이 끊어진 것이다.

그 다음으로 일어난 일은 확실히 일어났다고 자신할 수 없다. 수인 누나가 무엇인가를 했다. 그런 느낌을 받았다는 기억이 있다. 하지만 수인 누나가 무엇을 했는지는 모르겠다. 다인 누나의 모습에서 눈을 뗄 수 없었기 때문에 알 수 없었다. 어쩌면 수인 누나는 어떤 행동도 하지 않았는지도 모른다. 그 다음에 일어난 일에 대한 설명이 필요했기에 내 감각이 그런 가짜 기억을 만들어냈는지도 모르겠다.

그 다음에 일어난 일은 다음과 같다. 하늘로 떠오르던 다인 누나의 모습이 싹 사라졌다.

그리고 여자 한 명과 낙하산 한 개가 넋이 빠져 있는 나를 폭격했다.

헐떡임과 펄럭거림과 비명이 요란했지만 무엇보다 짜랑짜랑하게 울렸던 것은 다인 누나의 자지러지는 웃음소리였다. 잠시 후 나는 홍수에 떠내려온 사람 같은 몰골로 낙하산 아래에서 빠져나왔다. 하지만 다른 사람의 모습은 보이지 않았다. 그때 아래에 사람이 있는 것처럼 보이는 불룩 튀어나온 부분이 보였다. 나는 황급히 낙하산을 옆으로 치웠다.

낙하산 아래에는 수인 누나와 다인 누나가 서로를 끌어안은 채 앉아 있었다.

다인 누나는 눈물을 줄줄 흘리면서 웃고 있었고, 수인 누나는 피곤한 표정으로 다인 누나의 머리에 얼굴을 묻고 있었다. 괜찮으냐고 말하고 싶었지만 아무 말도 나오지 않았다. 그래서 나는 입을 다문 채 자매의 모습을 바라보았다.

수인 누나가 얼굴을 들지 않은 채 말했다.

"이제 소꿉놀이 끝내자. 집에 가야지."

"조금만 더."

"늦었어."

두 시간 뒤 나와 다인 누나는 우마사에서 쫓겨났다. 우리에게 무례하게 군 사람은 아무도 없었지만 아무리 봐도 그건 추방이었다. 우마사를 떠나기 직전, 나는 가까스로 수인 누나와 몇 마디 나눌 수 있었다.

"순간이동 장치는 없었는데, 어떻게 한 거죠? 예인이가 분명히 그랬어요. 그건 엄청나게 큰 물건일 거라고……."

"영우야."

"예?"

"순간이동의 진정한 의미는 영생이 아냐."

"상관없어요. 다인 누나한테……."

"가."

그것이 수인 누나와 나눈 마지막 대화였다.

우리가 우마사를 떠나고 만 하루가 지났을 때 수인 누나가 우마사에서 사라졌다. 그 후 지구 어디에서도 수인 누나의 모습은 발견되지 않았다. 쌀쌀맞긴. 생 제르망 백작*은 가끔 모습이라도 드러냈는데.

한국에서 나를 기다리고 있는 것은 자신의 무례함을 자신의 치열함의 증거로 생각하는 것 같은 작자들이었다.

나는 누군지도 모르는 작자들에 의해 어딘지도 모를 곳에 감금되었다. 내가 사는 현대에 그런 일이 벌어질 수 있다는 것이 믿어지지 않았지만 항의는 통하지 않았다. 그리고 조금 지나자 항의할 마음도 별로 들지 않았다. 그들이 불쌍하다는 생각이 들었으니까.

"기네스 사에 연락해요. 했던 말 또 하기 세계 기록에 도전 중인 사람이 있다고 전해요."

"농담은 그만둡시다, 피영우 씨."

---

* 1700년대 인물로, 여러 증언과 역사적 기록을 근거하여 불로불사의 인물로 여겨지고 있다.

"당신들 생각은 틀렸어요. 순간이동 장치는 두 번째 산업 혁명을 일으킬 도구가 아니에요. 한국이 두 번째 대영제국이 될 수 있었다고 믿었겠지만, 그건 그런 물건이 아니란 말입니다. 부와 권력의 화수분이 아닙니다. 그런 차원의 물건이 아닙니다."

"그럼 그게 뭔지 말씀해주시죠, 피영우 씨."

"나도 모릅니다. 그게 영생 장치라고 생각했는데……."

"피영우 씨, 자문을 의뢰받은 전문의 모두가 영생은 헛소리라고 말했습니다."

"당신도 기록에 도전하는 겁니까? 젠장. 어제도, 그제도 그 말 들었습니다. 그건 의학이나 생물학의 문제가 아닙니다. 뭐, 상관없어요. 그건 가장 중요한 의미가 아니니까. 순간이동 장치는 궁극의 이동 수단인가? 맞아요. 하지만 그건 중요하지 않아요. 순간이동 장치는 궁극의 생존 수단인가? 맞아요. 하지만 그건 중요하지 않아요. 그럼 순간이동 장치가 과연 무엇인가? 그건 모르겠습니다. 자, 내 할 일 다 했으니 당신도 일 좀 해봐요. 다인 누나는 잘 있어요?"

"그 호텔에서 아무것도 목격하지 못했다고 했는데, 우리가 호텔의 청사진을 입수했습니다. 여기를 보세요. 당신이 갔던 곳을……."

"제기랄, 한마디만 좀 해라, 이 개자식아! 다인 누나는 윌슨병이 있단 말이야. 그 황금색 눈은 멋 부리려고 렌즈 낀 것이 아냐. 눈에 구리가 쌓인 거라고! 누나한텐 페니실라민도 잘 듣지 않아! 다인 누나를 살려줄 순간이동 장치는 내가 더 필요해! 그러니까 나를 지지고 볶는 짓은 집어치우고 다인 누나가 괜찮은지나 빨리 말해!"

"우리가 바본 줄 압니까? 우리도 좌다인 씨의 병에 대해 압니다. 신경에 이상이 생겨서 무용을 그만뒀다는 것도 알고요. 잘 보호하고 있으니 안심해요. 우마사에서처럼 자살 시도는 하지 못할……. 피영우 씨! 멈춰요! 야, 붙잡아! 안 돼, 총은 안 돼!"

피라미드가 필요해지는 줄 알았다. 다행히 덩치 좋은 사내가 권총을 뽑아 든 건 그걸로 나를 후려갈기기 위해서였다. 나는 졸도했다.

그리고 예인이가 왔다.

좌예인은 언제나 나서지 않으려 한다. 그리고 언제나 나서야 할 때를 잘 알고 있다. 예인이는 내가 호텔 객실인 것 같은 독방에 앉아 아픈 머리를 부여잡고 좌절감을 곱씹고 있을 때 조용히 나타났다.

말 그대로였다. 예인이는 문을 열고 들어온 것이 아니라 내 방 가운데 갑자기 나타나더니 나를 말끄러미 바라보았다. 나는 예인이를 마주 보며 머리에 입은 손상이 의외로 큰 것이 아닌가 걱정했다. 그러다가 겨우 사고가 짜 맞춰졌다.

"순간이동?"

"응."

"너, 아주 큰 장치가 필요할 거라고 했잖아. 어딜 봐도 그런 것은 안 보이는데. 제기랄, 수인 누나한테도 큰 장치는 없었어."

내게 다가온 예인이는 내 머리의 상처를 흥미진진하게 관찰하며 말했다.

"순간이동은 확정 장치를 이용하는 거야, 영우 오빠. 그리고 지구엔 확정 장치가 잔뜩 널려 있어."

"뭐?"

"지구가 순간이동 장치야. 크지?"

기가 막혀서 "지구가?"라고 말할 수밖에 없었다.

예인이는 내 상처를 건드려볼까 말까 고민하는 표정으로 나를 겁주면서 말했다.

"나도 얼마 전에 깨달았어. 꽤 힘 좋은 확정 장치가 여러 개 필요할 거라 생각했지만 그게 아냐. 지구엔 이미 충분한 숫자의 확정 장치가 있어. 제어 장치만 있으면 돼. 그리고 제어 장치는 몸에 이식할 수 있을 정도로 작게 만들 수 있어."

"이식…… 다인 누나한테도 할 수 있어? 간이 안 좋은 사람 한테도?"

"간하고는 상관없어. 할 수 있을 거야."

결국 예인이는 유혹을 이기지 못하고 내 상처를 건드렸다. 눈물이 핑 돌았다.

"그러면 다인 누나도 순간이동 할 수 있는 거야? 스스로 원해서 계속 존재할 수 있는 거야?"

"순간이동의 가장 중요한 의미는 그것이 아냐."

"상관없어. 나한텐 그게 가장 중요한 의미야. 지구가 영원한 천국이 되고 나와 다인 누나가 그곳에서 영원히 살 수 있다는 것보다 더 중요한 것이 뭐가 있겠어?"

내 말에 스스로 경악했다. 그랬다, 지구에 잔뜩 있는 확정 장치가 지구인들을 영원히 존재하게 한다면, 복락원이 쓰이는 것이다. 밀턴과는 다른 의미로.

예인이가 말했다.

"나는 세 번째 순간이동자야, 영우 오빠."

"응?"

"세 번째라고. 큰언니가 첫 번째 순간이동자였지. 두 번째는 누구야?"

무슨 질문인가 하다가 겨우 대답을 떠올렸다. 두 번째 순간이동자는 다인 누나였다. 그때, 언니와 애인과 함께 다시는 누릴 수 없는 멋진 시간을 보냈다는 바보 같은 판단 하에 줄을 끊고 자살하려 했을 때였다. 수인 누나가 다인 누나를 이동시켰다. 그것은…….

질식하는 기분을 느꼈다. 예인이는 어깨를 움츠렸다.

"우리가 서로의 근거가 되어줄 수 있을까?"

순간이동을 했을 때부터 다인 누나는 수인 누나에 의해 존재하게 되었다.

예인이가 말했다.

"둘째 언니는 비행기야, 배야?"

나는 눈을 질끈 감았다. 암흑 속에서 예인이의 목소리가 들려왔다.

"오늘은 이만 갈게. 먹고 싶은 거나 필요한 것 있으면 말해. 다음에 올 때 가져올게."

나는 대답하지 않았다. 내 숨소리만 거칠게 들렸다. 다시 눈을 떴을 때 예인이의 모습은 보이지 않았다.

홀로 남은 나는 순간이동의 진정한 의미에 대해 생각하기 시작했다.

나를 보는 눈

아침부터 줄곧 내린 눈이 그칠 무렵 설어들이 다시 나타났다. 나는 지친 표정으로 설어들의 눈지느러미를 보다가 마법사 *불찌꺼기*의 어깨를 치고 그것을 가리켰다. 그리고 곧 후회했다.

나는 목소리를 가다듬었다.

"설어가 나타났습니다, *불찌꺼기*."

눈먼 마법사는 구시렁거리며 물었다.

"눈이 많이 오더라니. 몇 마리나?"

나는 눈밭에 나타난 눈지느러미를 살폈다. 새하얀 눈가루를 날리며 다가오는 눈지느러미는 적게 잡아도 수십 개가 넘었다. 나는 마법사의 질문에 대답하는 대신 주위를 살폈다. 걸어가던 방향 왼쪽에 비스듬한 바위벽 하나가 보였다. 눈 속을 헤엄치는 육식 괴물의 이빨을 피하기엔 충분하지만 눈먼 마법사를 데리고 사람을 업은 채 올라가기엔 쉽지 않은 높이였다. 하지만 말해봤자 무슨 소용이겠는가.

나는 배낭끈을 잡아당긴 다음 불찌꺼기의 팔목을 잡았다.

"수십 마럽니다. 이쪽으로 오세요. 바위에 올라갈 겁니다."

불찌꺼기는 비틀비틀 따라왔다. 노인네는 의연했다. 눈이 보이지 않는 상태에서 괴물들에게 쫓기는 상황을 생각하면 그 침착함은 가히 존경받을 만했다. 나는 불찌꺼기가 끝까지 보안경을 거부하다가 설맹에 걸린 것을 용서해줄 수 있다고 생각했다. 잠시 후엔 노새와 마법사의 공통점을 소리 높이 거론하고 있었지만, 어쨌든 잠깐 그런 생각을 한 것은 사실이다.

내 다급한 손길과 험악한 욕설 덕분에 불찌꺼기는 설어들이 도착하기 전에 바위벽에 매달릴 수 있었다. 설어 떼는 목표물을 놓치자 그 못생긴 머리를 설면 위로 내밀더니 고드름 같은 이빨을 딱딱 부딪쳤다. 늙은 마법사가 눈이 보이지 않을 뿐 아니라 양손 합쳐서 손가락이 여섯 개밖에 남지 않았다는 사실을 아는 것 같았다. 하지만 그 녀석들은 실망할 수밖에 없었다. 나는 마법사의 머리카락을 휘어잡고 완강히 끌어당기며 바위벽을 기어올랐다. 마법사는 그 수모를 참아냈다.

나는 바위에 오르자마자 *불찌꺼기*를 팽개치듯 놓아주며 칼을 뽑아 들었다. 설어 떼가 뛰어오를 가능성은 없었다. 하지만 바위에서 설어가 기다릴 가능성은 있었다. 이틀 전 젊은 *억셴뿌리* 자작이 그런 식으로 죽었다. 설어에 대한 공포 때문에 미쳐버린 자작은 눈밭에 눈지느러미들이 나타나자 뛰어오르듯이 바위를 기어올랐다. 유감스럽게도 바위 위에선 설어가 자작의 머리가 올라오길 기다리고 있었다.

*불찌꺼기*도 그 사건을 떠올렸는지 힘겹게 숨을 고르며 말했다.

"여긴 괜찮은가?"

보안경은 틈이 좁아서 시야를 충분히 확보할 수 없었기에 나는 보안경을 이마로 밀어 올렸다. 다행히 이곳은 바람이 심하게 부는 노출된 장소여서 눈이 두껍게 쌓일 수 없는지라 설어가 헤엄칠 수 없었다.

"괜찮네요."

마법사가 한숨을 여러 번에 나누어 내쉬었다. 그 모습을 보다가 갑자기 온몸을 쥐어짜는 고통을 느꼈다. 흥분 때문에 잠시 숨을 죽이고 있던 근육들이 그제야 급격한 움직임에 대한 불만을 토로하기 시작한 모양이다. 당장 까무러치는 것의 장점 수십 가지가 한꺼번에 떠올랐다. 하지만 시야가 흐려지려는 찰나 나는 다리에 힘을 주었다. 쓰러질 때 쓰러지더라도 배낭은 벗어야 했다.

나는 손가락보단 손등이나 손목으로 조심스럽게 배낭을 벗어서 바닥에 내려놓고는 두 손에 한참 입김을 불었다. 손가락이 겨우 말을 듣기 시작한 다음에야 배낭의 주둥이를 열었다.

그 안에서 *바람색칠*의 창백한 얼굴이 나타났다. 그녀는 눈을 감고 있었다. 나는 덜컥 공포를 느꼈다. 코 아래에 손가락을 대봐야 한다고 생각하면서도 꼼짝도 못 했다.

그때 *바람색칠*의 입이 열렸다.

"*가락비*?"

한참 동안 어둠 속에 있던 사람답게 *바람색칠*은 조심스럽게 눈을 떴다. 나는 신에게 감사했다. 그래야지, 짜샤. 안 다치려면 그래야지.

*불찌꺼기*는 일어날 엄두를 내지 못했지만 나는 억지로 그를 앉혔다. *불찌꺼기*가 신음했다.

"조금만, 조금만 쉬면 안 되겠나?"

"쉴 겁니다. 눈밭에 누워서 쉬면 얼어 죽어요."

*불찌꺼기*의 얼굴이 펴졌다. 나는 마법사에게 *바람색칠*이 든 배낭을 안겨서 두 사람이 서로 의지하게 했다. 나는 똑바로 서

서 걸어갈 길을 살폈다.

고맙게도 우리가 기어 올라온 바위벽은 그대로 능선으로 이어졌다. 눈이 두껍게 쌓이지 않는 능선에 서기만 하면 설어 떼를 피하면서 한참 동안 걸을 수 있었다. 하지만 그 능선까지 가는 거리가 그리 가깝지 않았다. 더군다나 그 사이에 쌓여 있는 눈의 두께를 가늠할 방법이 없었다. 나는 조금 전에 그친 눈이 살짝 얼어붙길 기다리는 방법을 생각해보았다. 눈이 얼어붙으면 설어 떼의 속도는 떨어지고 우리는 걷기가 쉬워질 것이다. 하지만 하늘은 청명했고 햇빛은, 온기를 느끼긴 어렵지만 강렬하게 쏟아져 내렸다. 결정을 내릴 수가 없었다.

"우리는 '모서리의 노래'를 얻을 수 있어."

나는 고개를 돌렸다. *불찌꺼기*가 배낭에 얼굴을 댄 채 *바람색칠*에게 속삭이고 있었다. 하지만 *불찌꺼기*의 말상대가 *바람색칠*이 맞는지는 의심스러웠다.

마법사는 덜덜 떨며 말을 이었다.

"까마득한 고대의 한 소리꾼만이 부를 수 있었던 노래를 어떻게 얻느냐? 소용돌이 궁전의 이야기라는 것이 있지. 왕비를 잃은 왕은 비탄 속에서 궁전을 통째로 겨울에게 바쳤어. 궁전 전체가 죽은 여인의 얼음 묘지로 바뀌었지. 소리꾼 *무딘번개*는 공주인지 왕비의 여동생인지, 혹은 왕의 정부인지 어쨌든 정체가 불확실한 귀부인의 요청을 받고 소용돌이 궁전에 들어갔어. 그 다음에 일어난 일들은 전부 소리꾼이나 시인들의 발랄한 상상력일 뿐이야. 아무도 *무딘번개*의 뒤를 따라가지 않았기 때문에 그 안에서 무슨 일이 있었는지는 아무도 몰라. 확실한 것은 이튿날 아침 *무딘번개*가 나왔고 궁전에 봄이 찾아왔다는 것이지."

바람색칠 또한 마법사의 대화 상대는 자신이 아니라고 느끼는 것 같았다. 하지만 *바람색칠*은 보지도 못하는 마법사에게 관심 어린 표정을 지어 주었다.

"아무도 모른다. 그래, 아무도 모른다는 사실이 중요해. *무딘번개*는 분명히 겨울이 물러날 만큼 강력한 노래를 불렀을 테지. 그런데도 아무도 그 힘을, 그 여파를 느끼지 못했다? 그건 말이 안 되는 일이야! 다른 사람들도 느낄 수 있는 무슨 일이 있었어야 해. 그런데 아무 일도 없었어. 그렇다면 결론은 하나뿐이야. *무딘번개*가 부른 노래는 얼었던 거지. 소용돌이 궁전이 그랬던 것처럼. 그것은 *겨울의 거래*였어. 분명히 거래가 있었던 거야. 겨울을 물러나게 한 건 *겨울 자신*이야. *겨울*은 *무딘번개*의 노래를 받고 그렇게 했지. 그래서 '아무 일도 없었던' 것처럼 보이는 거지. 그리고 *무딘번개*의 노래 중에서 거래를 할 만한 노래는 하나뿐이지. 그런 거야. *무딘번개*의 뼈와 살은 이미

흙먼지로 바뀌었지만, 그럼에도 불구하고 이 세상엔 그가 부른 모서리의 노래가 남아 있는 거야. 그건 얼어붙었기 때문이지. 바로 *겨울*이 그것을 가지고 있어."

나는 *불찌꺼기*가 잘 아는 이야기를 하는 이유를 찾아내지 않으려고 애썼다. 나는 *불찌꺼기*가 눈먼 자신이 버려질까 두려워 그 위대한 발견을 한 것이 자신임을 우리에게 상기시키려 애쓴다고 생각하지 않으려 애썼다. *불찌꺼기*는 그저 자신감에 넘치던 시절로 잠시 되돌아간 것이겠지. 용기를 북돋기 위해. 그렇게 생각해야 할 것이다. 하지만 내 마음속 황량한 부분에선 흉포한 목소리가 울려 퍼지고 있었다.

당신의 계획이 성공하길 진심으로 바란다면, 방해가 되는 자신을 스스로 처리해야 할 것 아닌가? 그것이 마법사다운 태도 아닌가?

나는 그 소리에 귀를 기울여야 되는 건지도 알 수 없었다. 체력이 고갈되어 판단력 또한 극히 저하된 모양이다. 나는 멍하니 서서 두루뭉술한 생각들이 머릿속을 떠돌아다니게 내버려 두었고, 그런 자신에게 두려움을 느꼈다. 여기서 그냥 밀어 버리면…….

진저리가 쳐졌다. 나는 황급히 몸을 움직여 바위 아래에 있는 것을 보았다.

사냥감을 놓친 설어 떼가 눈을 온통 헤집어놓으며 난동을 부리고 있었다. 처음 본 사람에겐 악몽을 꿀 만큼 끔찍한 광경이지만 물리도록 본 터라 두려움은 없었다. 나는 눈을 부릅뜬 채 필사적으로 그 모습을 들여다보았다. 거기에 있을지는 알 수 없지만 있어야 하는 것을 찾았다.

거기에 있었다.

다른 설어보다 약간 더 큰 설어였다. 특별히 거대하다곤 볼 수 없다. 억센뿌리 자작을 잡아먹은 거대한 놈에 비하면 녀석은 오히려 왜소한 편이었다. 하지만 나는 그 설어의 아가리 위쪽에 있는 칼자국을 보며 말할 수 없는 공포와 증오를 느꼈다. 내가 바라던 것이었다. 나는 분노 속에서 결코 그 설어에게 불찌꺼기를 내줄 순 없다고 다짐했다.

불찌꺼기가 격정적으로 말했다.

"그 노래를 구할 수 있어. 인류를 구할 수 있어!"

나는 어렵게 결정을 내렸다. 앞쪽에 설어가 헤엄칠 만큼 눈이 두껍게 쌓인 곳이 있을 수도 있다. 하지만 그걸 알아볼 마땅한 방법이 없다. 그렇다면 열심히 걷는 수밖에 없다. 사실 간단한 결정이라는 것은 나도 잘 알지만 심오하기 짝이 없는 정신적 성찰을 이룬 기분이었다.

나는 *바람색칠*의 이마에 입을 맞추곤 배낭을 조심스럽게 닫았다. 그러곤 배낭을 들어 올린 다음 그 가벼운 무게에 입술을 깨물었다.

"*불찌꺼기*, 이쪽 방향으로 똑바로 걸어가십시오."

불찌꺼기는 한숨을 내쉬곤 걸을 준비를 했다. 설어 소리가 들리는지 귀를 기울였다. 아무 소리도 들리지 않았다. 눈의 상태에 따라 소리가 나지 않을 수도 있고 설어가 움직이지 않는다면 역시 소리가 나지 않는다는 것을 떠올렸다. 별 도움은 되지 않았다.

"갑시다."

우리는 빠르게 걸었다.

물이나 눈 속에서 빠르게 움직일 때는 허벅지를 높이 들어 올리는 법이다. 모양은 우스꽝스럽고 자세는 불안정하지만 속도를 내기엔 좋다. 그리고 덕분에 나는 왼발을 잃지 않을 수 있었다.

느닷없이 눈 속에서 뛰어오른 작은 설어가 내 왼발 바로 아래를 지나쳤다. 다른 놈들보다 작아서 그곳에 숨을 수 있었던 모양이다. 어쩌면 큰 놈들의 등쌀 때문에 피한 걸지도 모른다. 이 어린 것아, 사냥감으로 너무 큰 것을 골랐다. 나는 발밑에 떨어진 설어를 있는 힘껏 짓밟았다. 땅이었다면, 평범한 물고기였다면 터졌을 테지만 딱딱한 설어는 내 발밑에서 맹렬히 빠져나와 눈밭을 주욱 미끄러져 나갔다.

그것이 신호인 양 사방에서 설어들이 움직였다.

새하얀 눈밭에 핏줄이 서듯 설어 자국들이 나타났다. 곧 보기 싫은 눈지느러미가 삐죽삐죽 솟아올랐다. 나는 빨리 뛰라는 말을 도로 삼켰다. 이 미끄러운 눈밭에서 앞도 보이지 않는 마법사를 재촉해봐야 득 될 것은 하나도 없었다. 발바닥의 느낌으로 보아 이곳은 눈이 두껍게 쌓이지 않았다. 설어 떼는 단지 겁을 줘서 먹잇감을 미끄러뜨리려는 것이다. 무섭도록 교활한 것들. 관계 개선을 도모하고 있긴 하지만, 저런 것을 볼 때마다 신이라는 놈을······.

갑자기 가슴이 철렁했다.

눈지느러미 중 하나가 속력을 높이고 있었다. 나는 달리거나 멈춰 서고 싶은 엄청난 욕망과 싸우며 지금까지와 같은 속력으로 움직였다. 저 녀석이 돌았나? 그 눈지느러미가 점점 높아졌다. 나는 이를 악문 채 똑같은 동작을 반복했다. 허벅지를 힘껏 끌어올렸다가 내려놓고, 다시 반대쪽 발로 똑같은 동작을 했다. 절대로 뛰지 않았다. 언제나 한 발은 땅을 밟았다.

눈지느러미가 점점 가까워졌다. 눈지느러미 양쪽에 달린 맹금 같은 눈이 똑똑히 보였다. 정신착란에 빠질 것 같았다. 분명히 우리가 있는 곳의 눈 두께는 얇다. 저대로 계속 다가오면 설어의 몸이 눈 밖으로 나올 것이다. 그렇게 되면 몸 위쪽에 붙어 있는 지느러미들을 못 쓰게 될 테니 속도는 급격히 떨어질 것이다. 두려워할 것은 없다. 하지만 그건 설어 자신이 더 잘 아는 사실일 것이다. 그런데 왜 저렇게 거침없이 얕은 곳으로 다가오는 거지?

기대했던 대로 설어의 몸이 눈 위로 드러났다. 거대하고 딱딱한 골판들은 눈 속에서 부드럽게 미끄러지고 골판 사이로 들락거리는 지느러미들은 눈을 찍어 힘차게 밀어낸다. 그 유선형 형태와 비늘을 연상시키는 골판이 없었다면 눈두더지라 불렸을지도 모른다. 나는 다가오는 설어의 입이 달린 곳을 보았다.

아가리 위 칼자국. 그놈이었다. 그놈의 속도가 떨어지지 않았다.

*바람색칠과 불찌꺼기*를 생각해서 억지로 비명을 참았지만 도저히 눈에 보이는 것을 믿을 수 없었다. 설어는 눈 속에서만 빠르게 움직이는데 지금 그놈은 몸의 절반 이상을 설면 위로 내민 상태에서도 빠르게 다가오고 있었다. 옆구리의 지느러미는 설면을 긁을 뿐이고 등 쪽의 지느러미는 아예 골판 밖으로 내밀지도 않았다. 배 쪽 지느러미만으로 움직일 테니 움직이기

는커녕 똑바로 서 있기도 어려워야 정상이다. 그런데도 놈은 한결같은 속도로 다가오고 있었다.

내 공포가 외친 비명에 응하여 분노가 앞으로 나섰다. 나는 맹목적인 격노 속에서 칼자루를 움켜쥐었다. 어떤 빌어먹을 요술인지 모르지만, 와준다면 이쪽에서 환영이다. 이 개자식아!

희미한 콧노래가 들렸다.

숨이 턱 멎었다. 그 콧노래는 틀림없이 내 배낭에서 흘러나오는 것이었다.

*불찌꺼기*가 기함하여 말했다.

"*바람색칠*! 안 돼!"

마법사는 손을 내밀어 허우적거렸다.

나는 설어가 벼락을 맞은 양 크게 꿈틀거리더니 몸을 홱 돌리는 것을 보았다. 그 순간 설어의 몸이 거의 다 설면 위로 올라왔다. 정상이라면 놈은 옆으로 쓰러져 조금 전 작은 설어가 그랬듯 설면 위에서 버둥거리다가 다시 눈을 파고 들어갔을 것이다. 하지만 쓰러지지 않았다.

욕도 할 수 없었다. 나는 온몸을 떨었다.

설어는 반대쪽으로 부리나케 도망쳤다. 눈지느러미가 빠르게 가라앉았다. 멀찌감치 있던 다른 설어들도 도망쳤다. 눈물이 흐를 것 같았다.

마침내 배낭을 찾은 *불찌꺼기*가 그것을 부여잡고 매달렸다.

"안 돼, *바람색칠*. 멈춰! 지금은 '파멸의 노래'를 부르면 안 돼! 우리가 죽어!"

"콧노래니까 괜찮아요."

배낭 속에서 대답이 들려왔다.

나는 어금니를 부서지도록 깨문 채 걸음을 옮겼다. *불찌꺼기*는 배낭에 매달린 채 허우적허우적 따라왔다. 나는 능선에 올라서야 배낭을 내려놓았다. 배낭을 열자 *바람색칠*의 창백한 얼굴이 보였다.

나는 한참 동안 머뭇거리다가 겨우 말했다.

"그러면 안 돼."

"네가 위험했어."

"안 보였을 텐데, 나는 아무 소리도 안 냈는데, 위험하다는 건 어떻게 알았어?"

"네 냄새."

"냄새?"

*바람색칠*이 웃었다.

"나는 네 냄새만 맡아도 네 마음을 알 수 있어."

나는 배낭째 *바람색칠*을 얼싸안고는 눈을 감았다.

아직도 흥분을 가누지 못한 *불찌꺼기*가 헐떡이며 불평했다.

"함부로 노래 부르면 안 돼. 아무리 힘을 억제했다 해도 여긴 자네 노래를 들을 사람이 둘밖에 남지 않았어. 잊어버린 건가? 세 왕국도 자네 노래에 저항하지 못했다는 것을?"

나는 끌어안고 있는 *바람색칠*의 속마음을 들었다. '그걸 어떻게 잊겠어요.'

보살핌을 받지 못하는 벌거벗은 아이들이 들개 떼처럼 몰려다닌다. 돌을 던져 행인을 쓰러뜨리고 폐허에서 가져온 녹슨 못으로 찌른 다음 아직 숨이 붙어 있는 그 몸에서 모든 것을 벗겨낼 때까지 아이들의 얼굴엔 아무런 표정 변화가 없다. 그 나이를 전부 더해도 세 자리가 될 수 있을지 의심스러운 아이들이 삶과 죽음을 간결하게 모욕한다. 수탈을 끝낸 아이들은 새로 나타난 남자와 여자를 생각에 잠긴 듯한 눈으로 지그시 바라본다. 남자의 험상궂은 용모와 허리에 찬 칼을 본 아이들은 결정을 내린다. 그리고 별로 서두르는 기색도 없이 하나둘 조용히 물러난다. 마지막으로 남은 네 살쯤 될까 싶은 아이가 불그스름한 침을 퉤 뱉고 사라진다.

*바람색칠*과 *가락비*의 추억 한 토막이다. 그곳은 *바람색칠*의 노래에 멸망한 세 왕국 중 한 왕국이 있던 곳이었다. 그날, 자결하려는 *바람색칠*을 말리며 나는 앞으로의 인생이 정해지는

것을 느꼈다. 다음 날 아침엔 그 느낌이 더욱 커졌다.

*바람색칠*은 신을 좋아했다. 그래서 나는 신의 좋은 점을 찾아보려 애썼다. 쉽진 않았지만 노력하는 것 자체는 즐거웠다. *바람색칠*이 기뻐했기 때문이다.

*바람색칠*은 내 무릎을 베고 눕는 걸 좋아했다. 나는 폭력으로 점철된 과거를 처음으로 후회했다. 그녀가 누울 줄 알았다면, 그 많은 잡놈들의 사타구니를 차올리지 않는 건데.

*바람색칠*은 인류에 관심이 많았다. 왜 모든 사람에게 신경써야 하는지 이해하긴 어려웠지만 *바람색칠*이 그랬기에 나도 인류에게 관심을 가졌다.

인류는 멸망하고 있었다.

현상만을 놓고 말하자면 가뭄과 홍수, 폭풍, 화재, 전쟁, 기근, 역병, 범죄 등이 자식 낳는 일을 무책임한 일로 만들고 있다. 누구의 귀에나 인류의 추도사가 들리고 있지만 그 사인은 알 수 없다. 혹자는 최근 깨어난 고대의 악마에 대해 말한다. 혹자는 인류의 악덕에 대해 말한다. 인류라는 종의 수명이 끝났으며 다음 종이 기다린다고 말하는 자도 있고, 인류가 알지 못하는 차원에서 일어난 불균형을 말하는 자도 있고, 그저 불운이 끔찍하게 많이 닥치는 것뿐이라고 말하는 자들도 있다. 많은 이들이 고민했지만 멸망 이유가 뭔지 알려 하는 짓은 많

은 술을 빠르게 없애는 데만 효과가 있음이 밝혀졌다. 불찌꺼
기를 만났을 때 나는 왜 그 이유를 알기 어렵냐고 물었다. 불찌
꺼기는 체계의 문제는 상위 체계에서만 제대로 파악할 수 있다
고 대답했다. 내가 입술을 비틀자 불찌꺼기는 애들이 왜 너를
보고 우는지 알고 싶으면 거울이 필요하지 않겠냐고 말했다.
그러니까 거울이 없나 보군. 하긴 아주 큰 거울이 필요할 테니.

마법사 불찌꺼기는 다행히 해결책을 가지고 있었다.

그는 간단하지만 심오한 질문을 자신에게 던졌다. 인류 멸망
의 이유를 알려고 하는 이유는 무엇인가? 당연히 인류 멸망을
막기 위해서다. 그렇다면 그냥 인류가 멸망하지 않으면 되는 것
아닌가? 그러면 '인류가 왜 멸망하는가' 따위의 질문은 무의미
해진다.

인류는 멸망하고 있다. 왜 그런 길로 접어들었는지는 모른
다. 하지만 인류의 길 자체를 비틀면 인류는 기다리는 멸망에
도착할 수 없을 것이다. 엄밀히 말하자면 바뀐 방향에 다른 멸
망이 기다릴 가능성도 있다. 하지만 사형을 앞두고 있다면 동
전 던지기를 마다할 이유가 없다. 그렇다면 어떻게 멸망으로 걸
어가는 인류의 길을 바꿀 것인가.

"인류의 길에 모서리를 만들면 돼. 다른 길을 찾거나 할 필
요도 없지. 모서리만 주어지면 그게 곧 다른 방향으로 걷는다

는 뜻이니까!"

나는 그때 천재란 건너뛰길 좋아하는 자라고 판단했다. 그리고 한 가지 판단을 더 내렸다. 천재는 답이 없는 문제를 풀 수 없는 문제로 바꾸는 것을 해결이라 부른다고.

애석하게도 이 세상엔 모서리의 노래를 부를 수 있는 소리꾼이 아무도 없다. *바람색칠*까지 포함하여 현재의 소리꾼은 모두 파멸의 노래밖에 부를 줄 모른다. 그 노래 하나만은 기가 막히게 잘 부르며, 그 사실은 인류 멸망의 또 다른 증거이기도 하다.

하지만 *불찌꺼기*는 다시 한번 수단을 건너뛰어 목적에 도달했다. *불찌꺼기*가 모서리의 노래를 부를 소리꾼은 없지만 모서리의 노래 자체는 남아 있을 수도 있다는 말을 했을 때 우리는 그가 미쳤다고 생각했다. 그를 정상으로 만들려면 우리도 미치면 된다는 것을 납득시키기 위해 *불찌꺼기*는 엄청난 노력을 경주했고, 놀랍게도 성공했다. 우리는 미친 짓을 시도했다. 온나그네가 갔던 길을 따라 *겨울의 옥좌*로 찾아가 모서리의 노래를 얻기로 한 것이다.

"*겨울의 옥좌*가 엎드리면 코 닿을 곳에 있어. 여기서 우리가 죽으면 무슨 소용인가!"

"괜찮아요, *불찌꺼기*. 아무도 안 죽었잖아요."

한참 불평을 쏟아놓던 *불찌꺼기*가 겨우 안정을 찾고는 멋쩍어하며 말했다.

"하긴, 그렇게 강력하다는 것을 기뻐해야겠지? *겨울*은 반드시 거래를 받아들일 거야."

*겨울*이 보관하는 모서리의 노래와 이 시대 최고의 노래인 파멸의 노래를 교환한다. 그것이 *불찌꺼기*의 인류 구조 계획의 핵심이었다. *겨울*에게 줄 파멸의 노래를 부르기 위해선 뛰어난 소리꾼이 필요했다. 많은 소리꾼들이 합류했지만 세 왕국을 멸망시킨 *바람색칠*보다 뛰어난 소리꾼은 없었다. 모두 *겨울*이 그녀의 노래를 선택할 거라 믿었다.

이제 *겨울*의 선택 가능성은 많이 줄어들었다. 인류구조대의 소리꾼은 한 명밖에 남지 않았으니까.

입이 지저분한 놈들이라면 한 명도 채 안 된다고 말하겠지.

많은 모험과 기나긴 여행 끝에 우리 일행은 하늘기둥 산맥에 접어들었다. *온나그네*의 여행기에 따르면 *겨울*의 옥좌까지 스무날밖에 남지 않은 시점에서, 나는 *바람색칠*에게 여행 포기를 강력히 종용했다. 설어를 직접 본 후의 일이었다.

그때까지 나는 설어를 본 적도 없다. 사람들은 나를 야만인이라 부르지만 직업상 나는 도시인에 가깝다. 돈이 되는 것은 사람이 사람에게 저지르는 폭력이다. 인간이 존엄해서 그런가 보다. 따라서 나는 문명에 더 익숙했고, 곰족이 사는 고향의 자연이야 잘 알지만 그 외에는 거의 모른다. 그래서 설어는 꽤 낯설었다. 설어가 신에게 짜증을 낼 좋은 요소라는 걸 깨닫는 데에는 시간이 얼마 안 걸렸지만.

설어는 착실하게 우리의 숫자를 줄였다. 사람을 선 채로 얼려 죽일 것 같은 폭풍과 혹독한 추위도 한몫 거들었지만 역시 인간 시식회의 상석은 설어의 몫이었다. 미리 설어의 악명을 듣고 단단히 채비를 했지만 그럼에도 불구하고 일행의 숫자가 줄어드는 속도는 경이적이었다.

다시 생각해보니 역시 두더지가 아니라 물고기였다. 어떤 놈이 붙였는지 이름 참 잘 붙였다. 아무리 잘난 싸움꾼이라 해도, 백만대군이라 해도 물에서 물고기와 싸울 수는 없다. 눈은 물보다 단단하지만 설어의 움직임과 우리의 움직임을 비교해보면 사실상 물이나 다름없었다. 배를 이용할 수 없고 굴곡이 있다는 점에선 물보다 더 고약했다.

"내 느낌 정확한 것 알지? 예감이 아주 더러워. 돌아가자. 여기까지 왔으면 됐어. 세 왕국을 멸망시켰다고 해서 여기서 네가 죽을 필요는 없어. 그런다고 왕국들이 돌아오는 것도 아니잖아."

"싫은데."

"왜 거꾸로 행동하는 거야? 사라진 왕국의 사람들이 진짜 원하는 건 복수일 거야, 알겠어? 네가 사람들을 구해내면 오히려 너를 더욱더 증오할 거야! 사람은 그런 거라고!"

*바람색칠*은 환한 얼굴로 나를 보더니 고개를 가로저었다.

"아닌데."

"아니라니? 사람이란 건 말이야, 원래……."

"자기는 그렇게 생각했구나? 미안해. 나는 죽은 사람들 때문에 여기까지 온 게 아냐. 죄책감 때문에 온 것도 아니고."

놀랐다. 아무 말도 못 한 채 *바람색칠*을 따라 멍하니 하늘기둥 산맥을 오를 만큼. 혹여나 *바람색칠*의 오래된 상처를 헤집는 일이 될까 봐 속으로만 했던 추리가 완전히 빗나갔다. 그렇다면 *바람색칠*은 이 빌어먹을 곳에 뭐 하러 온 거지? 정신을 좀 차리고 나서 그 질문을 해봤지만 *바람색칠*은 대답하지 않았다. 그리고 여러 번 반복해서 물을 여유는 없었다.

겨울의 옥좌를 찾았던 몇 안 되는 방문자인 *온나그네*는 정확한 지도를 남겨두었다. 그가 '검은 노래'에 대한 정보도 남겨두었으면 좋았을 텐데. 하긴 *온나그네*는 검은 노래도 부를 줄 모르면서 옥좌봉을 오르려 하는 사람들이 있을 거라고는 상상도 못 했을 것이다. 빌어먹을. 우리 소리꾼들은 파멸의 노래밖에 부를 줄 모른다. 그 때문에 결국 사고가 일어났다.

밤중에 설어 떼가 야영지를 기습했다. 고지대에선 잠자기도 쉽지 않고 깨서 정신 차리기도 어렵다. 게다가 사방에서 사람들이 비명을 질러대니 정신이 나가버리기엔 완벽한 조건이었다.

여행 초기에 맺은 약속을 깨고 한 소리꾼이 파멸의 노래를 부르고 말았다. 그나마 이성이 남아 있었는지 그 녀석은 휘파람을 불었다. 설어 떼는 미친 듯이 도망쳤다. 기막힌 설어 떼 퇴치법을 찾았다고 좋아하려는 찰나, 설어 떼의 난폭한 움직임 때문에 눈사태가 일어나고 말았다. 눈사태는 훨씬 더 끔찍한 이름이 붙었어야 하는 현상이었다.

노호하는 눈 더미 속에서 나는 정신을 잃었다. 깨어보니 아침이었고 나는 눈밭에 홀로 파묻혀 있었다. 일행과 떨어졌다는 것은 미처 생각도 못 했다. *바람색칠*과 떨어졌다는 사실에 미칠 것 같았다. 나는 고함을 지르며 미친놈처럼 눈산을 뛰어다녔다. 얼어붙은 *바람색칠*의 시체가 발밑에 있는 줄도 모르고 그 위를 뛰어다니는 내 모습이 계속해서 머릿속에 떠올랐다.

허무하게도 *바람색칠*은 이미 많은 사람들과 함께 모여 있었다. 먼발치에서 사람들을 보았을 때 내 눈엔 *바람색칠*밖에 보이지 않았다. 그녀는 내게 손을 흔들었고 나는 허탈감과 안도감을 동시에 느꼈다.

그 자리에서 칼로 목을 찌르고 죽을 것이지.

나는 *바람색칠*의 이름을 부르며 그녀에게 다가갔다. 그리고 내 정신 나간 고함에 이끌려 나를 따라오던 설어도 그녀에게 다가갔다. 결과적으로 내가 설어를 그녀에게 데려간 셈이었다. 내가 설어의 머리에 칼자국 하나를 안겨주는 동안 그 녀석은 두 사람의 목숨을 끊고 *바람색칠*의 오른쪽 다리를 박살냈다.

행운이었다. 설어를 피해 우리가 올라온 능선은 옥좌봉을 거기에서 저기로 바꿔주는 길이었다.

나는 능선을 따라 꼬박 하루를 걸은 후 *불찌꺼기*였다면 단번에 읽었을 지도를 한참 동안 들여다본 다음 말했다.

"제가 지도를 잘못 읽었을 수도 있습니다만, 그렇지 않다면 내일 정오 무렵에 *겨울*의 옥좌에 도착할 수 있을 것 같습니다."

*불찌꺼기*는 앞의 조건엔 신경 쓰지 않았다. 그리고 뒤의 말 또한 서두르면 오늘 저녁에 도착할 수 있다는 뜻으로 곡해했다. 희열에 들떠 나를 보채던 마법사는 결국 자신의 흥분 때문에 지쳐버렸다. 상관없었다. 내가 밤을 보내기로 작정한 암석 지대엔 이미 도착했다. *겨울*의 옥좌는 그 뒤편으로 네 시간 거리였다. 하지만 지도를 잘못 봤을 수도 있고 재수 없으면 눈보라를 만날 수도 있다. 안전한 곳에서 밤을 보내는 것이 낫다.

*불찌꺼기*도 걸음을 멈추자 내심 안도하는 것 같았다.

바위 사이에 불편하게나마 잠자리를 만들었다. 혹독한 추위 때문에 물을 끓이긴 어려웠다. 가까스로 미지근하게 만든 물이 식기 전에 서둘러 밀가루와 소금을 푼 후 *불찌꺼기*에게 건넸다. 배낭에서 머리를 내민 *바람색칠*에겐 내가 직접 그릇을 들고 밀가루죽을 떠먹였다. *바람색칠*은 거의 먹질 못했지만 그래도 여행이 끝나간다는 이야기에 미소를 지어 보였다. 그러곤 까무러치듯 잠이 들었다.

나는 *바람색칠*이 확실히 잠들었는지 확인한 후 *불찌꺼기*에게 다가갔다. *겨울*을 직접 볼 수 없다는 사실에 비통해하던 마법사는 내가 다가가자 그 이야기부터 꺼냈다.

나는 그의 푸념을 적당히 들어주고 나서 입을 열었다.

"다리 달린 *설어*를 봤습니다."

*불찌꺼기*는 보이지도 않는 눈을 껌뻑거렸다.

"뭐라고?"

"어제 *바람색칠*이 쫓은 *설어*한테 다리가 달려 있었습니다. 그래서 눈이 얕은 곳까지 다가왔던 겁니다. 도망칠 때 확실히 봤습니다. 모양은 엉성했지만 분명히 다리였습니다."

*불찌꺼기*가 딸꾹질 같은 소리를 냈다. 나도 짐작한 일을 그 똑똑한 마법사가 짐작하지 못할 리가 없었다.

"맙소사. 다음 지배종이……."

"예. 우리 시대 다음을 지배할 놈들이 설어였던 모양입니다. 우리가 멸망한 후에 그 녀석들은 눈 덮인 산에서 지상으로 내려올 작정이었겠지요. 어쩌면 그 녀석들이 내려와서 늙은 우리를 끝장내는 식인지도 모르고요. 그런데 말입니다, *불찌꺼기*."

딸꾹질이 멎었다. *불찌꺼기*는 말을 제대로 못 했다. 나 또한 말을 입 밖으로 밀어내기 힘들었다.

나는 억지로 구토하듯 말을 꺼내놓았다.

"*겨울*은 설어에 대해 어떤 감정을 가지고 있을까요?"

만약 *겨울*이 설어에게 호감을 가지고 있다면, *겨울*은 교환을 거부할지도 모른다.

내려가야 한다.

오른쪽 다리가 처참하게 부러진 *바람색칠* 앞에서 나는 그렇게 다짐했다. 인류야 내 알 바 아니다. 마음에 들지 않는 놈은 후려치면 된다. 괜찮은 놈이라면 잘 대해주면 되고. 하지만 모든 사람이라니? 인류라는 걸 도대체 어떻게 대해야 한단 말인가. 각자 제 밑은 제가 닦아야 할 것 아니냐고, 제기랄!

내려가야 했다.

잘라야겠어. 이대로라면 위험해. 하지만 그럼 걸을 수 없잖

아. '소리꾼은 이제 한 명뿐이야.' 할 수 없지. 돌아다니면 또 찾을 수 있을 거야. 다 죽었을 거야. 도망쳤을지도 모르고. 어차피 *바람색칠*이 최고야. 그녀여야 해. 내 말 못 들었어? 자르지 않으면 죽어. 자르면 걸을 수 없어. *가락비*가 데리고 내려가는 건 어떻게 가능할지도 모르지만, 어쨌든 선택은 그 둘 중 하나야. 데리고 간다는 선택은 없어!

"다 잘라요."

*바람색칠*은 눈을 똑바로 뜬 채 그렇게 말했다. 우리는 이해할 수 없었다. 그리고 이해한 뒤에는 이해하지 못한 척했다.

"어차피 제 힘으로 갈 수 없다면 왼쪽 다리도 필요 없어요. 저를 데리고 갈 사람한테 부담일 뿐이에요. 무게를 줄이죠. 두 다리 다 잘라요."

섣불리 움직였다간 죽는다는 *불찌꺼기*의 말 때문에 *바람색칠*을 둘러업고 도망칠 수 없었다. 나는 간청했고, 침묵했고, 농담을 했고, 울부짖었다. 눈물을 펑펑 흘리며 울었고 차분한 어조로 *바람색칠*을 달래려 했다. 그녀를 고의로 무시하며 *불찌꺼기*와 공황 상태에 대해 열심히 말하기도 했다. 헛짓거리.

"고마워."

*바람색칠*은 내게 고맙다고 말했다.

겨울은 춥기 때문에 좋고 여름은 덥기 때문에 좋다는 것을 내게 알려준 사람이 나한테 고맙단다.

"혼자였다면 속일 수 있었겠지. 적당히 자신을 망가뜨리면서 마음속 깊은 곳에서 나는 죗값을 치르고 있다고 믿었겠지. '봐. 나는 내가 한 짓을 책임지고 있어. 자신을 괴롭히고 있잖아. 당신들도 할 일 해야지? 그러지 말라고 말해. 네 잘못이 아니었다고 말해.' 그 따위로 쉽게 살 수 있었을 거야. 혼자였다면."

귀를 막고 싶었다. 눈에 머리를 처박고 싶었다. 하지만 나는 *바람색칠*을 바라보았다.

"하지만 나는 자기를 만났어. 혼자가 아니게 되었지. 내 귀가 아닌 우리의 귀로 듣게 되었어. *가락비*는 어떻게 들을까, *가락비*는 어떻게 생각할까. 자꾸 그렇게 하니까, 세상이 정말 다르게 들렸어. 곰족 표현을 따르면 나를 보는 세상의 눈이 보였어."

*바람색칠*은 싱긋 웃었다.

"어떻게 그렇게 오만할 수 있었을까. 나와 세 나라가 같다니. 내 고통으로 세 나라의 고통을 갈음할 수 있다니. 자기 때문에 이렇게 커진 지금 다시 생각해보니 정말 우습고 *부끄러워*."

*불찌꺼기*가 그녀의 두 다리를 잘랐다. *바람색칠*은 반으로 줄었다.

인류를 구하기 위한 혹독한 여로의 종지부가 찍히는 날 아침, 마법사 *불찌꺼기*와 나는 그 어느 때보다 짙은 절망감과 공포를 느끼며 잠에서 깼다.

*바람색칠*은 우리 두 사람의 마음속에 뭔가 고약한 것이 있다는 것을 눈치챘다. 우리는 성공 직전의 긴장과 불안감이라고 해명했다. 무슨 합리적인 사고의 결과로 그런 것은 아니다. 두 다리를 자르고 배낭 속에 앉아 있는 그녀에게 우리의 불안을 말하기가 너무도 두려웠다. 어차피 계속 가는 것 외에 다른 행동은 불가능했다.

*불찌꺼기*는 계절이 한 종을 특별히 더 사랑하지는 않을 거라는 말로 나와 그 자신을 달래려 했다. 하지만 우리의 여행 자체가 *겨울*이 어떤 것을 선호할 수 있다는 가정에서 시작하지 않았던가. '겨울은 소용돌이 궁전 대신 모서리의 노래를 선택했다.' 그것이 *불찌꺼기*의 가설이었다. 그렇다면 *겨울*은 인간 대신 설어를 선택할 수도 있었다. 생각해볼수록 '당연히'라는 말을 쓰고 싶어졌다.

내 예상이 맞는다면 인류는 묏자리를 봐둬야 한다. 얼어 죽을. 끔찍하게 큰 묘비가 필요하겠군. 아, 그렇군. 그래서 달이 있는 것이군. 달은 인류의 묘비로 준비된 것이었군. 그럼 인류는 됐고, *바람색칠*을 어떻게 하면 좋지.

나는 걷고 있다는 것까지 잊게 되는 몽롱한 기분 속에서 *바*

람색칠을 어떻게 달래야 하나 궁리했다. 위로를 하려면 *바람색칠*의 소망을 알아야 할 테지만, 정말 분통 터지게도 나는 *바람색칠*이 왜 이곳에 왔는지 잘 모른다.

물론 *바람색칠*은 이 사람 잡는 여행에 동참했다가 결국 이 여행에 잡아먹힌 모든 작자들과 마찬가지로 인류를 구하기 위해 이곳에 왔다. 나도 그건 안다. 하지만 인류를 왜 구해야 하지? 나는 *바람색칠*이 원하기 때문에 이곳에 온 것이지 인류를 구해야 하는 이유는 모른다. 뭐, 나도 인류를 좋아하긴 한다. 근사하고 쓸모 있는 것들을 많이 만들어내고, 인류와 함께 있을 때 가장 편안하다. 하지만 내게 이로운 것을 위해 내가 죽어야 한다? 아무리 봐도 앞뒤가 바뀐 이야기다.

*바람색칠*을 위해 죽을 수는 있다. 언제든지 그럴 수 있다. *바람색칠*은 나를 보니까. 나는 곰족이고 곰족 전사는 그런 법이다. 하지만 인류의 눈은 어디에 달린 거야? 인류가 나를 본다는 느낌은 지금껏 한 번도 받은 적이 없다.

설어가 나를 보고 있었다.

뻔뻔스럽게 눈밭 위로 그 거대한 몸을 내밀고 있었다. 그 몸에서 비어져 나온 다리가 눈 속에 파묻혀 있다. 내가 내준 칼자국은 눈이 가득 차서 하얗게 보였다.

*바람색칠*의 다리를 가져간 바로 그놈이다.

내가 걸음을 멈추자 뒤따라오던 *불찌꺼기*가 내 등에 부딪혔다. 배낭 안에서 *바람색칠*이 급히 숨을 들이마시는 소리가 내 귀에까지 들렸다. 어쩌면 몸으로 느낀 것인지도 모른다. *바람색칠*은 아무 말도 하지 않고 즉시 콧노래를 불렀다. *불찌꺼기*가 당황하여 그녀를 제지하려는 찰나 나는 끔찍한 광경을 보았다.

고통스럽게 몸을 떨던 설어가 입을 벌리고는 비명을 꽥 질렀던 것이다.

물고기가 소리를 내지 않듯 설어 또한 소리를 내지 않는다. 눈 속에서 소리를 내봐야 그게 전달이 될 리 없으니까. 그런데 그놈이 고통에 차서 소리를 질렀다. 나는 심장이 멎을 만큼 놀랐다. 그놈도 나 못지않게 놀란 것 같았지만 그다지 위로가 되지 않았다.

"이게…… 무슨 소리야?"

*불찌꺼기*의 질문에 대답할 수 없었다. 내 숨소리 때문에 귀가 멀 것 같았다. 다리에 이어 소리까지?

배낭에서 *바람색칠*의 가냘픈 목소리가 들려왔다.

"설어야?"

대답할 수 없었다. 대답할 필요도 없고.

*바람색칠*이 다시 물었다.

"설어가 노래를 한 거야?"

마법사가 털썩 주저앉는 소리가 들렸지만 나는 뒤를 돌아볼 수 없었다. 노래? 그래. 노래의 씨앗. 저 엉성한 다리 같은. 언젠간 저놈의 후손이 눈의 바다에서 뭍으로 내려오겠지. 그리고 인간의 것과는 다른 그들의 노래를 부르겠지. 그들에겐 아름답겠지만 인간에겐 더없이 기괴하게 들리는.

들을 인간이 있다면 그렇게 들릴 거란 말이다.

하늘기둥 산맥의 옥좌봉 정상, 주위의 산들 때문에 톱날 같은 지평선을 볼 수 있는 그곳에 *겨울*이 앉아 있다.

그것은 휘몰아치는 눈폭풍이기도 하고 거대한 얼음덩이이기도 하다. 잎사귀 대신 설화를 잔뜩 피우고 있는 고목이기도 하고 옥좌에 앉아 있는 거인이기도 하다. *온나그네*는 하얀 옷차림의 여인을 보았다고 기록했지만 내 눈에 그런 모습은 보이지 않았다. 특별히 애석하지는 않았다. 지금 보고 있는 것만으로도 평생 이야기할 거리는 충분한 것 같았기에.

노래가 끝났다. 무지막지하게 큰 두 발 늑대의 모습으로 변한 *겨울*이 집채만 한 머리를 끄덕였다.

"조금 더 다듬으면 좋은 노래가 될 거라 생각한다."

귀를 막고 있던 *불찌꺼기*가 급히 손을 떼는 모습이 보였다.

*겨울*이 말했다.

"다듬을 시간이 필요하겠지. 모서리의 노래를 주겠다."

*불찌꺼기*가 울음을 터뜨렸다. *겨울*은 마차만 한 앞발을 바닥의 눈 속에 집어넣더니 거기에서 딱히 뭐라고 할 수 없는 것을 꺼냈다. 자세히 보고 싶었지만 *겨울*은 앞발을 뒤로 끌어당겼다. 투석기가 움직이는 것 같았다. *겨울*은 그것을 먼 하늘로 집어 던졌다. 그것은 유성을 연상시키는 모습으로 무섭게 날아갔다. 곧 구름이 그 모습을 감추었다.

*겨울*이 설명했다.

"나의 옥좌가 있는 이곳에선 녹지 않는다. 저 아래에선 녹을 것이다."

"인류의 길이 바뀌었습니까?"

"모서리가 생길 것이다."

*바람색칠*이 한숨을 내쉬었다. *불찌꺼기*의 울음은 더욱 커졌다. 결국 목이 멘 마법사는 인간이 내는 것 같지 않은 기괴한 소리를 냈다.

그 모습을 보던 *겨울*이 말했다.

"뭘 또 거래하고 싶은지 모르겠지만, 그런 노래론 거래할 수 없다."

*불찌꺼기*는 미친 듯이 웃었다. 그의 목숨이 염려스러울 정도로. 내 두 팔은 *바람색칠*을 들어 안고 있었기에 스스로 잦아들

때까지 그를 내버려 둘 수밖에 없었다.

*바람색칠*은 내 품에 안긴 채 동료 가수를 내려다보고 있었다. 둘의 이중창은 *겨울*의 거래를 성사시켰지만 나는 아직도 그 설어가 마음에 들지 않았다. 내 마음을 아는 듯 설어는 나를 한 번 쏘아보더니 못생긴 다리를 흔들며 성큼성큼 떠났다. 다리 움직임이 아직 능숙하진 않았다. 설어는 좋은 옛날 방식을 떠올린 듯 눈 속으로 파고들었다.

*바람색칠*이 아쉬워했기에 나는 내키지 않았지만 그 설어를 변호했다.

"후손들은 좀 더 나은 작별 예절을 보여주겠지."

"그래야겠지. 함께 살아야 하니까."

그게 내 미래가 아니라서 다행이다. 저놈의 후손과 인류가 날씨에 대해 이야기하려면 아마 수천만 년은 걸릴 테니까.

내가 그렇게 말하자 *바람색칠*이 웃었다.

"더 짧을지도 몰라."

"그놈 꼴 못 봤어?"

"*겨울*은 파멸의 노래와 모서리의 노래를 바꾼 것이 아니야. 아직은 제목이 없는 두 종족의 노래와 모서리의 노래를 바꾼 거야."

"뭐? 어, 어?"

204

"모서리의 노래는 인간만을 위한 것이 아니야. 설어들의 길에도 모서리가 생길 거야. 그 모서리 너머엔 어쩌면 지상으로 내려오는 더 빠른 길이 존재할 수도 있지."

나는 경악한 나머지 입을 벌렸다. 고개를 돌리자 *겨울*은 고개를 끄덕였다.

나는 *바람색칠*에게 말했다.

"그래서…… 설어가 얌전히 따라올 거라고 그렇게 확신한 거야? 설어도 모서리의 노래를 원할 걸 알아서?"

"어느 정도는. 하지만 소리꾼끼리의 교감이라고 하는 것이 낫겠지. 분명히 그 설어는 설어 최초의 소리꾼일 테니까."

그렇겠지, 분명히 그렇겠지.

"내 콧노래와 자기 노래가 동시에 들렸을 때 함께 부르면 뭔가 되겠다는 느낌이 들었을 거야. 어쨌든 나는 그런 느낌을 받았어. 그리고 난 설어보다 더 똑똑하니까 그 '뭔가'가 뭔지도 짐작할 수 있었지. 모서리의 노래와 바꿀 최초의 이중창이었어."

최초의 이중창. 두 종족이 함께 부르는 노래. 둘이었던 하나가 부르는 노래.

내 주위엔 *겨울*도 있고 *불찌꺼기*도 있었다. 그래서 난 *바람색칠*을 높이 끌어안고는 그녀의 귀 가까이에 입을 가져가 속삭였다.

"*바람색칠*, 나는 아직 모르겠어."

정확하게 말하려고 애쓸 필요는 없었다. 내 냄새만 맡아도 내 마음을 알 수 있는 *바람색칠*은 내가 하고 싶은 말을 나보다 더 잘 알았다. *바람색칠*은 내 눈을 말끄러미 들여다보았다. 그녀는 나를 본다.

"죄책감 때문이 아니라고 했지. 그래, 너에겐 도움을 바라는 인류의 눈이 보였던 거야. 그 때문에 너는 설어의 눈도 볼 수 있었던 거지. 하지만 나한텐 설어는커녕 인류의 눈도 보이지 않아. 인류는 나를 보지 않아. 그래서, 이렇게 말하면 정말 멍청해 보이겠지만, 나는 지금도 왜 인류를 구해야 하는지 몰라. 산이나 바위처럼 나를 보지도 않는 인류라는 것을 내가 왜 구해야 하지?"

"자기도 곧 자기를 보는 인류의 눈을 볼 수 있을 거야. 자기가 나한테 가르쳐준 건데, 당연히 그럴 수 있어."

"볼 수 있어? 어떻게?"

*바람색칠*은 설어가 사라진 방향을 다시 보았다. 그녀의 팔이 내 목을 감았다. 그녀는 내 뺨에 뺨을 붙인 채 나와 같은 곳을 보았다.

"큰 거울이 생겼잖아."

아름다운 전통

참혹하고 소름 끼치는 시대다. 물론 나 역시 이 말이 모든 시기의 모든 사람이 할 수 있는 말이라는 것은 잘 알고 있다. 게다가 말하는 이가 사춘기를 헤쳐나가는 중이라면 이 말은 더할 나위 없는 진심의 토로가 된다. 하지만 그럼에도 오늘날은 참혹하고 소름 끼치는 시대다.

저 찬란한 봄날은 아직까지도 기억에 선연하다. 물론 그날도 지구 어딘가에서는 전쟁이 진행중이었음을 부정하지는 않겠다. 하지만 상충하는 이해관계를 피로써 저울질하는 인류의 악덕이 어제오늘의 일이었던가. 그날은 정말 아름다웠다. 지구상 어딘가에서 휴머니티가 세포 단위로 분해되고 있다는 것을 떠올리기엔 지나치리만큼 아름다웠다.

그리고 그 천국 같은 봄날, 그들이 내려왔다.

그림자 때문에 그 아래쪽의 가로수들이 때 이른 낙엽을 떨어뜨릴 정도로 거대한 비행접시들이.

어떤 이는 그들이 베가성 방향에서 왔다고 말했고 어떤 이는 알파 켄타우리에서 왔다고 말했다. 크립톤 행성에서 왔다고 말하는 작자도 있었는데 다름 아닌 우리 편집장이었다. 편집장은 그들이 모두 타이츠 위에 팬티를 걸친 모습으로 가슴엔 S자를 붙이고 나타날 거라고 주장했으며, 덕분에 슈퍼맨을 남근 숭배 문화의 촌스러운 잔재로 해석하는 미술 담당 여직원과 살벌한 토론을 벌이기도 했다. 하지만 우리는 그런 우스꽝스러운 토론을 반기는 입장이었다. 그건 그래도 긴장감을 해소시키는 효과가 있었다.

하지만 세계 곳곳에서 고함을 지르기 시작한 종교 단체들은 우리의 혼을 쏙 빼놓았다. 기독교, 회교, 가톨릭, 불교는 말할 것도 없거니와 도교, 유대교, 힌두교, 뉴에이지에 덧붙여 악마교와 밀교와 프리메이슨까지도 자신만이 그 비행접시와 그 속에 있는(있으리라고 짐작되는) 지성체에 대한 유일한 해석을 가지고 있다고 주장하며 나섰다. 짐작하겠지만 이상 거론한 단체들은 전체의 천 분의 일에도 미치지 못한다. 참으로 풍부한 상상력과 넘치는 악의를 소지한 내 동료 하나는 그들의 주장을 모조리 비교 분석해 본 다음 그중 많은 수가 다른 것들을 베꼈음을 밝혀내었다. 한 걸음 더 나아가 그는 비행접시와 그 속의 지성체에 대한 해석을 전문적으로 제조, 판매하는 작자들이 존재할지도 모른다는 가설까지 내세웠고 우리는 출판인답게 당연히 그 말을 진지하게 받아들였다.

백악관이나 NASA, 펜타곤, 혹은 CIA가 무슨 조처를 취했는지는 모른다. 우리는 그런 일에 세세하게 관여되기엔 너무도 소시민적인 한국의 보통 출판장이들이었다. 청와대나 국정원이 모종의 대처를 준비 중이었는지도 모르지만 그것 또한 알 수 없었다. 우리는 24시간 동안 떠들어대는 텔레비전과 하루 2회 발행을 감행하는 신문들, 그리고 CNN을 열심히 보며 외계인 방문이라는 이 초유의 사태에 대해 아는 척하기에도 바빴다. 입밖으로 꺼내어 말하진 않지만, 우리는 스스로를 똑똑하고 재기 넘치는 엘리트라고 생각해 왔다. 하지만 우리들은 비행접시를 향해 자신을 지구 총독으로 임명하라는 내용의 피켓을 단 RC 비행기를 날릴 생각도, 비행접시 바로 아래에서 노상 성교를 감행함으로써 지구인이 사랑으로 충만한 종족임을 보여줄 생각도, 애완동물과 가축들의 암컷만을 긁어모아 비행접시 아래로 지나가게 함으로써 외계인들에게 미인계(?)를 구사해 볼 생각도, 기존의 유아용 한글 학습서를 약간 변형시켜 외계어 학습서를 펴낼 생각도 하지 못했다. 이상의 일들은 물론 실제로 일어났던 일이며, 특히 우리들은 마지막의 외계어 학습서 부분에서 이를 갈아야 했다.

그렇게 아둔했을 수가. 지구상의 최대 인구 밀집 지역 상공마다 비행접시가 나타난 상황에서 외계어 학습서를 만들어보지 못한 것을 통탄스러워했다니.

공격은 갑작스럽게 시작되었다. 수십 년에 걸친 공상 과학 영화들의 예측이 무색하게도 그들은 빔 병기를 사용하지는 않았다. 빔이라니, 대기권 내에서 그런 비효율적인 무기를 왜 사용한단 말인가.

자동차 헤드라이트로도 백 미터 밖을 비춰보긴 어렵다. 거기에 건물을 날려버릴 정도의 파괴력을 부가하려면 엄청난 양의 에너지가 집중되어야 한다. 빔보다는 폭탄이 훨씬 낫다. 따라서 그들의 공격은 공상 과학 영화의 한 장면이라기보다는 옛 시대의 전쟁 영화를 연상케 하는 바가 컸다.

쾅쾅쾅쾅쾅.

더 말할 것이 뭐가 있겠는가. 그들은 인구 최대 밀집 지역을 공격했다. 인류의 군사 시설 대다수는 인구가 적은 곳에 위치하기 때문에 전쟁 초반엔 인류의 전쟁 수행 능력이 부족하지 않았다. 하지만 인류는 그들처럼 5일 밤낮 동안 초당 1만 개의 폭탄을 퍼부어낼 능력은 없다. 5일이 지났을 때 인류의 손에는 네안데르탈인이 가졌던 것만큼의 자산도 존재하지 않았다. 군대도 정부도 모나리자와 미완성 교향곡도 라면이나 콘돔 하나도 남지 않게 된 것이다.

그리고 사냥이 시작되었다.

외계인들은 살아남은 지구인을 박멸하기로 결정하고 그 결정을 완강하게 실행에 옮겼다. 그 과정을 다 말한다면 지루하고 기나긴 이야기가 될 것이다. 비장한, 혹은 극적인 사건들이 없었다고 말하진 않겠지만 그것은 어쨌거나 인류라는 거인의 사후 경련에 불과할 것이다. 인류는 굉음과 함께 쓰러져 몇 번 꿈틀거리다가 그냥 조용해졌다.

공룡이 사라졌던 것처럼 인류는 사라졌고 지구는 외계인의 부동산이 되었다.

그러나 슬픈 일만 있었던 것은 아니다. 가슴 벅차리만큼 기쁜 일도 있다. 배달의 겨레, 동방의 해 뜨는 나라 한국의 아름다운 전통 하나가 끈질기게 살아남아 외계인에게 전달된 것이다. 그들이 왜 그 전통에 환호했는지는 아직도 알 수 없지만 어쨌든 외계인들은 피정복자의 전통을 소중히 지켜나가기로 결정했다. 이제 한국인은 태양계를 넘어 은하계까지 뻗어 나갈

아름다운 문화를 창조한 자들로 기억될 것이다.

　뿌듯한 일이다.

　이하의 대화는 외계어로 진행되었으며 공격 직전에 간행되어 가까스로 몇 부 남은 외계어 학습서는 아무런 도움도 되지 않을 터이니 직접 번역한다.

　"음. 잘생긴 머리인데."

　"예, 웃고 있는 것이 제일 좋은 거라지요?"

　"그렇지. 입가에 복점도 있네."

　"어이! 입을 좀더 올려봐. 돈이 떨어지겠어. 그래. 자, 절하시지요."

　"돈부터 물리고."

　고사상 위에 놓인 내 머리를 바라보았다. 부릅뜬 눈, 찢어질 듯 벌어진 입, 흉측하게 찡그린 얼굴. 내가 보기에도 소름 끼치는 모습이었지만 외계인들에겐 그게 웃는 것으로 보이는 모양이다. 고사상 앞에 도열해 있던 외계인 중 지체가 높은 외계인 하나가 앞으로 나오더니 내 입에 돈을 물렸다. 그리고 그(아니면 그녀? 뭐라고 해야 할까)는 점잖은 동작으로 내 머리 앞에 절을 했다.

　아, 참. 미리 말하지 않았던가? 나는 유령이다. 외계인에게 머리를 뺏긴 지구 최후의 유령. 그리고 지금 나는 내 머리를 올려놓고 지구 정복을 자축하는 고사를 지내고 있는 외계인들을 바라보고 있다.

전사의 후예

적이 다가온다. 확고한 의지와 불굴의 용기가 그 동작을 빛나게 하는가? 천만에. 잔뜩 지쳐 있고 땀을 뻘뻘 흘리며 극심하게 혼란스러워하고 있다. 내 모습도 저러하겠지. 하지만 그는 나에게 다가오고 있고 나는 다시 한번 무기를 힘껏 움켜쥐었다.

무기를 바꿔든 것이 벌써 몇 번째던가. 치열한, 그리고 무시무시한 혈투 속에서 내 무기는 부러지거나 꺾이거나 혹은 내던져졌고 이제 내 손에 쥐어진 것이 무엇인지도 모르겠다. 제발 내 손에 쥐어진 것이 적의 갑옷을 꿰뚫을 수 있을 정도로 단단하기만을 바랄 뿐. 적의 숫자는 우리보다 훨씬 적지만 모두들

정예 훈련을 받은 전사들이며 중장갑과 좋은 무기로 무장하고 있다. 그에 비해 아군이 가진 것이라고는 저 가증스러운 적에 대한 증오와 절대로 질 수 없다는 의지 외엔 아무것도 없다. 그래서, 숫자가 더 많음에도 우리는 항상 패배할 수밖에 없었다. 하지만 우리는 패배자의 50년을 살 바에야 적과 싸우며 한 시간을 살겠노라고 맹세했다.

그래서 우리는 잔혹한 전쟁 신의 인도하에 이렇듯 다시 모여 다가올 패배를 잊은 채 적과 싸우고 있다.

갑옷과 투구 사이로 문득 적의 눈이 보인다.

눈매가 둥글고 선해 뵌다. 평화로운 때에 좋은 술집 같은 곳에서 만나면 퍽 재미있는 친구라고 생각하게 되었을지도 모르겠다. 하지만 이 전쟁신에게 바쳐진 제단 위에서 그와 나는 피로써 피를 씻어야 하는 운명의 사슬로 묶여 있다. 그 운명의 사슬을 떨치듯, 나는 괴성을 지르며 무기를 들어 올렸다.

"덤벼라!"

그때였다. 극도로 예민해진 감각 덕택일까. 들어 올린 내 팔 밑으로 뭔가가 지나간다는 느낌이 들었다. 나는 보지도 않고 반대쪽으로 몸을 피했다. 그리고 무기를 다시 당겨 쥐며 앞쪽을 바라보았다. 다음 순간 나는 찢어지는 비명을 올렸다.

"안 돼!"

아아, 내 동생, 그 어린 녀석이 적에게 달려들고 있었다! 나는 무슨 소린지도 모를 말을 외치며 동생의 뒤를 따랐다. 오늘 아침 함께 가고 싶다고 졸라댔을 때 끝까지 반대했어야 하는 것을! 하지만 동생은 너무도 애타게 부탁하고 있었고 나는 동생의 부탁을 거절하는 데 항상 서툴렀다. 이제 나는 단호함이 부족했던 대가로 저 무서운 적에게 동생을 내줘야 하는 처지에 빠졌다. 나는 절망에 찬 목소리로 동생의 이름을 불렀다.

하지만 동생은 뒤도 돌아보지 않고 달렸다. 놀라운 속도였고 매서운 기세였다. 나에게 애걸하던 때의 그 애교 섞인 표정이 무색하게도, 녀석은 야생의 맹수처럼 달리고 있었다. 그에 비해 내게 달려오고 있던 적은 느닷없이 등장한 다른 상대의 모습에 주춤한 듯했다. 어쩌면, 어쩌면 희망이 있을지도 모른다.

거리가 좁혀졌다. 나는 속으로 외쳤다. *지금! 바로 지금이야!* 내 무언의 외침이 육친의 교감을 통해 전달되었던 것일까? 동생은 가장 적절한 순간에 도약했다. 그리고 동생은 내가 참여했던 모든 싸움을 통틀어서도 한 번도 볼 수 없었던 매서운 동작으로 팔을 휘둘렀다.

그리고 모든 희망이 절망으로 바뀌었다.

적은 내 동생보다 훨씬 노련했다. 그는 뒷발로 힘있게 내리밟으며 왼팔을 들어 올렸다. 둔탁한 마찰음. 동생의 공격은 절묘하게 비집고 들어온 방패에 가로막혔다. 적은 거기서 멈추지 않고 그대로 앞으로 몸을 밀었다. 동생은 적의 방패에 부딪히며 균형을 잃었고, 곧 요란한 동작으로 쓰러졌다.

그러나 적은 여전히 침착했다. 그는 동생이 아직까지 무기를 놓치지 않은 것을 보고는 동생의 오른팔을 내리밟을 만큼 침착했다. 박수를 보내고 싶을 만큼 훌륭한 자세. 동생은 애처로운 비명을 지르며 왼손을 허우적거렸지만 적은 꿈쩍도 하지 않았다. 대신 그는 단호한 동작으로 무기를 높이 들어 올렸다. 그 훌륭한 일련의 동작을 보여주었던 적의 유일한 실수라면 나의 존재를 망각한 것뿐이다.

"멈춰!"

동생의 머리가 박살나기 직전, 나는 찢어지는 고함을 내질렀다. 적은 움찔하며 내 쪽을 바라보았다. 거리가 아직 멀었고 그래서 나는 무기를 높이 들어 올렸다. 내가 무기를 던질 것을 직감한 적은 방패를 잡아당겼다. 하지만 그때 밟혀 있던 동생이 기지를 발휘했다.

동생은 적의 다리를 있는 힘껏 깨문 것이다. 갑옷 틈 사이로 용케도 틈을 발견했던 것일까. 적은 비명을 지르며 다리를 들어 올렸고 그 순간 적의 앞쪽이 완전히 노출되었다. 그리고 그

텅 빈 공간을 향해, 나는 온몸을 내던질 듯한 기세로 팔을 휘둘렀다. 피가 역류하는 듯한 익숙한 느낌. 혈관이 터져나가는 듯한 짜릿한 기분. 이건 분명한 예감이며 나는 직감적으로 알 수 있었다. 이 공격은 반드시 성공한다!

그리고 굉음과 함께 적의 안면에 무기가 적중했다.

적은 한번 비틀거림도 없이 단숨에 쓰러졌다. 참을 수 없는 희열이 온몸을 들끓게 했고, 나는 두 팔을 옆으로 벌리며 하늘을 향해 함성을 내질렀다.

"우오오오오!"

벌떡 일어난 동생이 내 승리의 함성에 동참했다. 동생은 두 팔을 높이 든 채 함성을 지르며 나에게 달려왔다. 그리고 나 역시 두 팔을 옆으로 벌린 채 그를 끌어안기 위해 달려갔다.

조금 전 내가 던진 쓰레기통에서 튀어나온 빈 깡통과 휴짓조각이 낙엽처럼 흩날리는 가운데, 나와 동생은 서로를 힘껏 끌어안았다.

"형!"

"아우야!"

그리고 잠시 후, 얼싸안은 우리 형제의 머리 위로 진압봉의 비가 쏟아져 내렸다.

나는 외계인이 지구를 내려다볼 때 설교 시간과 중역 회의

시간, 국회 의원과 프로 레슬러, 그리고 전쟁터와 난동이 일어
난 축구장을 구분할 수 있을지 몹시 궁금하다.

SINBIROUN
이야기

신비로운 나라 SINBIROUN.

SINBIROUN의 신비로운 대로, 오후의 햇살 아래 신비로운 낙타들이 갈겨댄 신비로운 똥 냄새가 그윽하게 사위를 어지럽히고 있다. 그러나 사람의 코는 참으로 못 믿을 감각인지라 태어나서 일상적으로 맡아서 익숙해진 냄새는 알지 못한다. 그래서 SINBIROUN의 주민들은 아무렇지도 않게 따가운 햇살 아래 나른한 오후를 즐기고 있었다. 황금사자의 달 셋째 날, 햇살은 참 아름답다.

자신을 중상류층이라고 생각하는 서민들은 시집 한 권과 차가운 레모네이드 한 잔을 들고 나무 그늘에 찾아들 수 있다는 것에 감사한다. 그리고 자신이 가난하다고 생각하는 부자들은 건장한 노예가 부쳐주는 부채 바람 아래에서 머나먼 이국에서 수입된 과일들을 깨물면서도 보다 많은 돈을 벌기 위한 방법을 짜내기 위해 여념이 없어서 과일 맛도 모른다. 그들은 자신이 가난하다고 생각하고 있기 때문에 언제나 그런 생각만 한다.

그러나 사람들의 재산에는 관심이 없는 햇살은 부자든 가난한 사람이든 가리지 않고 넉넉한 햇살을 베풀고 있었다. 사실대로 말하자면, 좀 과도한 햇빛이다. 베일을 걸치지 않고 외출을 나선 부주의한 여인이 있다면 집에 돌아왔을 때 그녀의 가족도 알아보지 못할 정도로 새카맣게 타버릴 것이다.

그러나 SINBIROUN의 수도 Sinkihan의 높은 언덕에 있는 대저택의 테라스에 앉아 있는 사나이는 작열하는 태양빛의 열기도 별로 느끼지 못하고 있었다.

"내가 죽는다고?"

사나이는 테이블 건너편에 서 있는 무사를 향해 얼빠진 목소리로 질문했다. 하지만 무사는 무사다운 침착성과 차가움으로 자신을 온통 감싼 채 대답했다.

"그렇습니다, 마스터 톨러스."

"그 점성술사가 정말로 그렇게 말했나?"

"점성술사가 아니라 마법사라고 하더군요. 그리고 그렇게 말했습니다, 마스터 톨러스."

"뭐라고? 마법사?"

톨러스는 어이가 없었다. 왕립 마법학교의 수염 긴 교수들뿐만 아니라 시장 거리에서 행인을 모아놓고 마술을 부리는 자들도 감히 자신을 마법사라고 부르지는 못한다. 톨러스는 실소를 터뜨렸다.

"하! 그놈이 Kimyohan 가문의 주인인 나 Kimyohan 톨러스에게 그렇게 말할 수 있다면, 자기가 마법사라고 주장하는 것쯤은 우습지도 않겠지. 그래, 그 자칭 '마법사'라는 녀석이 정말 그렇게 말했단 말이냐?"

"예. 그 마법사는 시간까지도 정확하게 말했습니다. 황금사자의 달 열흘째 정오, Kimyohan 톨러스는 천수를 마칠 거라고 말했습니다. 마스터 톨러스."

"잠깐, 뭣 때문에 그렇게 말한 거지? 내가 죽든 말든 그 친구와 무슨 상관이야?"

무사는 어처구니가 없었지만 감히 그런 표정은 짓지 못했다. 그래서 무사는 테이블에 놓인 화병을 쏘아보며 말했다.

"그 예언이 적중한다면 그 자는 자연히 유명해지지 않겠습니까? 그리고 그런 점에서라면 이 Sinkihan시에서 마스터 톨러스만 한 대상이 없을 겁니다. 마스터 톨러스."

왜냐하면 Kimyohan 톨러스는 Sinkihan시 최고의 부자니
까. 톨러스는 고개를 끄덕였다. 그러나 두 번 끄덕인 다음 세 번
째에서는 고개를 가로저었다. 결과적으로 주인을 바라보고 있
던 무사는 정신이 혼란스러워졌다.

"그건 이해하겠군. 하지만 그자의 예언이 틀린다면? 역시 다
른 사람이 아닌 나를 대상으로 한 예언이니만큼 그 예언이 틀
린다면 그 친구는 두 번 다시 Sinkihan시에 발도 들여놓지 못
할 정도의 개망신을 당할 텐데."

"그렇게 생각됩니다. 마스터 톨러스."

"흐음. 자넨 지금 그 자의 예언이 맞을 거라고 생각하나?"

"천부당만부당합니다. 마스터 톨러스. 제가 감히 어떻게 주
인님의 죽음을 바라겠습니까."

하지만 톨러스는 물러나지 않았다. Kimyohan 톨러스는 짓
궂은 표정으로 무사를 바라보며 말했다.

"하지만 이상하다고 생각하고 있지? 조금 께름칙하지? 그
마법사가 예언이 틀리면 지독한 봉변을 당할 텐데도 자신 있게
예언을 말한 것을 보니 뭔가 있을 것 같다는 생각이 들지?"

무사는 잠시 고민한 다음 모호한 대답을 하기로 결심했다.

"그렇게 생각하라고 명령하신다면 그렇게 여기겠습니다. 마

스터 톨러스."

"교활한 대답이야. 하하하. 좋아, 그 친구를 데려와."

"예?"

"데리고 오라니까. 왜, 내가 죽을 거라고 호언장담한 친구를 만나고 싶은데 이유가 필요한가? 초대장을 적어줄 테니 그 점성술사, 아니, 마법사에게 가져다줘."

"알겠습니다, 마스터 톨러스."

"처음 뵙겠습니다, Kimyohan 톨러스 님. 저는 마법사 Nollaun 마그누스라고 합니다."

Kimyohan 톨러스는 잠시 자신의 죽음을 예언한 자를 바라보았다. 그런 혈기방장한 행동에 대해 들었을 때부터 짐작했지만 눈앞에 와있는 자는 아직 수염도 제대로 돋지 않은 젊은이였다. 게다가 마그누스가 입고 있는 꽤나 파격적인 복장을 본 톨러스는 이 젊은이를 마법사라고 불러줄 수밖에 없다고 판단했다. (그렇잖으면 혜성에 박살 나는 태양의 문양을 가슴에 그려 넣었을 까닭이 없다.)

"누옥에 왕림해주서서 고맙소, Nollaun 마그누스. 이렇게 젊을 줄은 몰랐군요."

마그누스는 싱긋 웃으며 허리를 폈고, 그래서 톨러스는 위축

되는 기분을 느낄 수밖에 없었다. 어쨌든 이 젊은 마법사의 배는 Sinkihan시 최고의 부자의 배에 비한다면 납작하고 멋진 선을 그리고 있었으니까. 의자에 앉으라는 말을 하지 않음으로써 마그누스를 난처하게 만들 생각이었던 톨러스는 재빨리 생각을 바꿔야 했다.

"누추한 자리지만, 거기 앉으시겠소."

마그누스는 다시 한번 미소지으며 의자에 앉았고 그 미소를 본 순간 톨러스는 자신의 생각이 모두 들켰다는 것을 깨달았다. *만만찮은 젊은이로군.* 톨러스는 자칫하면 마그누스라는 이 젊은이에게 주도권을 뺏길지도 모른다는 생각에 딱딱한 음색으로 말했다.

"바로 본론으로 들어가고 싶군."

"본론이라고 하셨습니까?"

"유명해지고 싶은 거요? 하지만 지금 입고 있는 그 옷만으로도 당신은 상당히 유명해질 수 있을 것 같은데."

그런 광대 같은 옷차림을 하고 돌아다니면 유명해지고 싶지 않아도 유명해질 수밖에 더 있겠느냐. 젊고 똑똑한 마그누스는 이번에도 톨러스의 말을 곧장 이해했다.

"저는 명성에는 그다지 관심이 없습니다. Kimyohan 톨러스님."

"그럼 왜 그런 센세이셔널한 이야기를 꺼낸 거요?"

"저는 센세이션에도 관심이 없습니다, 톨러스 님. 사실을 말했을 뿐입니다."

"웃기지 마시오. 그게 사실이라고 하더라도 왜 말한단 말이오? 세상엔 수많은 사람이 죽어가고 있는데 특별히 내 죽음을 거론하는 이유는 유명해지고 싶기 때문······"

"아닙니다. 톨러스 님. 당신은 특별합니다. 사실 톨러스 선생께서 사망하시더라도 저에겐 아무 상관이 없다는 말씀은 맞습니다. 하지만 Sinkihan시 최고의 부자가 사망한다면 그것은 수도 시민들과 상인들에게 큰 영향을 끼칠 것입니다. 그래서 저는 상인들과 시민들이 갑작스러운 일을 당해서 당황해하지 않도록 하고자 하는 마음에서 그 사실을 발표했을 뿐입니다. 톨러스 님께서 그 거대한 사업들을 정리해두시지 않으신 채 갑자기 돌아가시면 문제가 많이 발생하지 않겠습니까?"

톨러스는 조금씩 분노를 느끼기 시작했다. 눈 앞에서 자신의 죽음을 기정사실인 것처럼 말하고 있는 자를 보았을 때 화가 나지 않을 사람은 드물 것이다. 그러나 톨러스는 꾹 참으며 다시 한번 질문했다.

"고마운 말씀이군. 그래요. 나는 금전에 있어 약간 자유롭기 때문에 주위 사람들에게 조금씩 도움을 베풀고 있소. 그들이 내 죽음에 대해 슬퍼해 주기를 바라는 목적에서는 아니지만. 그러나 내가 죽는다고 해서 그들에게 커다란 타격이 갈 것 같지는 않은데?"

마그누스는 대답하는 대신 고개를 조금 옆으로 돌리며 미소를 지었다. Sinkihan시의 낙타 중 Kimyohan 가문의 인장이 찍히지 않은 낙타가 과연 몇 마리나 될까. 또한 Sinkihan시의 모든 집을 통틀어 Kimyohan 상회의 상품이 하나도 없는 집은 또 얼마나 될까. 게다가 Kimyohan 톨러스의 장학재단이 문을 닫을 경우 Sinkihan시의 학교들 중 몇 개가 살아남을 수 있을까. 이런 현실 하에서, 톨러스가 금전에 있어 약간 자유롭다고 말하는 것은 겸양 이상도 이하도 아니다. 따라서 마그누스는 굳이 대답할 필요를 느끼지 못했다.

그래서 마그누스는 대신 다른 말을 꺼내었다.

"톨러스 님. 코끼리는 자신의 죽음을 조용히 맞이하고 싶을지 모르겠습니다만, 코끼리의 시체에 깔린 쥐는 결코 유쾌하지는 않을 겁니다. 사실 저는 톨러스 님의 재산이나 사업 규모에 대해 그렇게 면밀하게 알고 있지는 못합니다. 저는 마법사이며……"

톨러스는 고개를 조금 돌리며 마그누스의 말을 못 들은 척했지만 Nollaun 마그누스는 아랑곳하지 않고 말했다.

"따라서 마법 이외의 다른 것에 대해서는 무지한 편이지요. Kimyohan 톨러스 님 스스로 판단해서 가르쳐주시지 않겠습니까? 톨러스 님께서 갑자기 사망하시게 될 경우……"

이번에 톨러스는 분노한 기색이 분명한 표정으로 마그누스를 바라보았지만 마그누스는 여전히 아랑곳하지 않으며 말했다.

"과연 이 Sinkihan시에 아무런 소동도 없이, 어제와 똑같은 오늘이 펼쳐질 수 있을까요? Kimyohan 장학재단, Kimyohan 운송회사, Kimyohan 종합상사, Kimyohan 출판사, Kimyohan 해운회사, Kimyohan 건설…… 톨러스 님. 그 모든 것들이 갑자기 활동을 정지하게 될 경우, 조금 소란스럽지는 않을까요? 듣자니 사업 기밀이나 영업 방침 같은 것들은 오로지 톨러스 님만이 알고 계시다고 하더군요. 분명히 후계자나 동업자 같은 것은 없으신 것으로 알고 있습니다. 게다가 만약 톨러스 님의 자제분들이나 Kimyohan 가문의 여러 친척들이 그 사업들에 대해 운영권을 주장하게 된다면……"

톨러스는 손을 내저어 마그누스의 말을 막으며 강하게 말했다.

"좋소! 인정하겠소."

마그누스는 다시 만족한 미소를 지었고, 그 미소를 보며 톨러스는 마그누스를 만나고부터 계속해서 그에게 굴복해야만 했던 것 같은 기분을 느껴야 했다.

"무슨 말을 하는지 알겠군. 내가 그 사업들을 모두 직접 운영하기 때문에 만약의 경우 문제가 발생할 수 있다는 말이구려? 하지만 나는 이제 겨우 마흔여덟이오. 아직 한참 동안 일할 수 있는 나이지. 만약의 사태를 대비하기에는 너무 이르지 않겠소?"

마그누스는 잔인해 보이는 미소를 지었다. 하지만 톨러스조차도 그 미소가 세련되다는 것은 인정해야 했다.

"톨러스 님. 결코 이르지 않습니다."

"왜?"

"오늘은 황금사자의 달 넷째 날이며, 따라서 톨러스 님이 가지신 시간은 겨우 엿새입니다."

쾅! 더 참지 못한 톨러스는 기어코 테이블을 내려치고 말았다. 조금 떨어진 곳에 시립하고 있던 무사는 무시무시한 시선으로 테이블을 쏘아보며 칼자루를 움켜쥐었다. 하지만 그는 아무런 위험 상황을 발견하지 못했다. 무사가 조금 어리둥절한 표정으로 테이블을 바라보고 있는 가운데 톨러스는 고래고래 고함을 질렀다.

"이런 몰상식한 놈 같으니! 이건 협박인 게냐? 그래, 네가 엿새 후에 찾아와서 나를 죽이기라도 하겠다는 말이더냐!"

"천만에요. 불쾌하군요. 톨러스 님. 저는 마법사이지 암살자가 아닙니다."

"또 그놈의 마법사 타령! 이 자만심에 빠져 죽을 녀석아. 지금 세상에 마법사가 어디 있단 말이냐!"

마그누스는 더는 웃지 않았다. 지금껏 입가에서 떠날 줄을 모르던 미소마저도 사라진 얼굴로 마그누스는 톨러스를 쏘아보았다.

"눈앞에 있는 것을 보지 못하는 사람은 의외로 많지요. 톨러스 님의 경우 목전까지 도래한 죽음도 보시지 못했으니 눈앞의 마법사를 알아보지 못하시는 것도 당연하다고 여겨집니다."

톨러스는 더는 고함을 지를 수가 없게 되었다. 마그누스는 엄격하기 짝이 없는 얼굴로 교훈을 내리듯 말했다. 이런 식으로 말하는 사내를 상대로 고함을 질러보았자 광인 취급을 받는 것이 고작일 것이다. 톨러스는 숨을 몰아쉬며 마그누스를 바라보았다.

마그누스의 얼굴에 갑자기 미소가 되돌아왔다.

"하긴, 자신의 죽음을 인정하고 싶은 사람은 없겠지요. 톨러스 님께서도 죽고 싶지는 않으실 테죠?"

번쩍! 톨러스는 머릿속에서 불꽃놀이가 벌어진 듯한 착각을 느꼈다. *이 녀석, 이거였구나!* 그리고 톨러스는 재빨리 침착을 되찾을 수 있었다.

"그렇다면?"

"문제를 제기하는 자는 해답도 가지고 있어야 하는 법입니다. 그렇잖으면 문제의 본질을 똑바로 꿰뚫어 보았다고 말하기 어렵지요. 열린 마음과 진지한 탐구열 앞에 해결되지 않는 문제는 없는 법입니다. 톨러스 님의 문제도 마찬가지죠."

톨러스는 이제 미소까지도 지을 수 있었다. 그 미소를 본 마그누스는 고개를 갸웃했다. 톨러스는 한결 안정된 모습으로 고개를 끄덕이기까지 하며 말했다.

"이제야 알겠군. 그래, 자네는 이제 내가 죽음을 모면할 방법을 알려주겠다고 말할 셈이지?"

"그렇습니다만."

"그리고, 그 방법을 알려주는 데에는 일종의 대가가 필요하다고 말할 테고?"

Nollaun 마그누스는 코를 조금 씰룩거리며 대답했다.

"그렇게 세련되지 못하게 말하는 취미는 없습니다만, 뭐 제가 대가가 없는 노동에는 관심이 없다는 점은 맞습니다."

"잘 알았네. 덕분에 재미있는 오후였어. 내 딸아이 결혼식 때 자네에게도 청첩장을 보낼까 하네. 피로연에는 광대가 필요한

법이니까."

마그누스는 어리둥절한 표정으로 톨러스를 바라보았다. 차츰 분노를 느낀 마그누스가 뭐라고 말하려 할 때, 톨러스는 재빨리 먼저 말했다.

"상대를 잘못 봤어, 젊은이. 그런 옷을 입고 와서 죽느니 어쩌니 하는 말로 은근히 위협하면 내가 가진 것 다 내어놓을 테니 제발 안 죽는 방법 좀 알려달라고 매달릴 줄 알았나? 오판이야. 재미있는 말재주를 가졌다는 점은 인정하겠어. 나도 거의 넘어갈 뻔했으니. 하지만 그걸로 충분하네. 돌아갈 때 문지기에게 말하면 여비 몇 닢은 줄 걸세. 그럼 이만."

단숨에 말을 마친 톨러스는 의자 등받이에 등을 기대며 두 손을 깍지 껴 배 위에 얹고는 마그누스를 똑바로 바라보았다. 그는 솔직히 기대감을 가지고서 마그누스의 반응을 기다렸다. 한 번 더 속여보려고 애쓸 것인가, 아니면 씁쓸하게 웃으며 돌아갈 것인가. 그러나 마그누스는 톨러스가 전혀 예상하지 못한 태도를 취했다.

마그누스는 약간 화난 표정으로 고개를 가로저었다.

"당신은 나를 모욕했습니다. 그리고 그 때문에 한 사나이가 아무 대처도 할 수 없는 상태에서 죽게 되었습니다. 그것이 그 사나이의 원래 운명이니 특별히 슬퍼할 것도 없겠군요."

이놈이? 톨러스는 아무 말 없이 마그누스를 쏘아보았다. 마그누스는 의자에서 일어서며 말했다.

"원래 당신과 함께 또 다른 사나이도 구하려 했습니다만, 이런 모욕을 들으니 동정심도 별로 일지 않는군요. 그는 예정된 죽음을 맞이할 겁니다."

"누구 말인가?"

말하지 않겠다고 결심했음에도 불구하고 톨러스는 질문하고 말았다. 마그누스는 대답하지 않았다. 그는 그대로 몸을 돌려 문을 향해 걸어가기 시작했다. 문을 나서기 직전, 마그누스는 갑자기 고개를 돌렸다. 그러나 그의 시선이 향한 곳은 Kimyohan 톨러스가 아니었다.

마그누스는 무사를 향해 말했다.

"당신은 내일 아침 죽게 되오. 죽을 때는 마법사를 공경할 줄 몰랐던 주인을 원망하시오."

무사의 얼굴이 딱딱하게 굳었다. 격노한 톨러스가 고함을 지르려 했을 때 마그누스는 절묘하게 문을 나섰다. 쿵. 문이 닫히는 소리의 여운이 사라지자 묘한 정적이 응접실을 가득 메웠다.

다음 날 아침, Kimyohan 가문은 예전에는 찾아볼 수 없었던 침묵 속에서 새 하루를 맞이했다.

뜨거운 한낮의 햇살 때문에 SINBIROUN 사람들은 언제나 정오 전에 모든 사업상의 일을 마친다. 언제나처럼 아침 일찍부터 Kimyohan 톨러스를 찾아온 사업상의 손님들, 즉 학자, 상인, 장인(匠人), 뱃사람, 수렛꾼들은 Kimyohan 저택에 부는 이상한 기류를 느끼고는 고개를 갸웃거렸다. 하인들은 손님들을 엉뚱한 방으로 안내했고 하녀들은 손님들의 무릎 위로 찻잔을 뒤집었다. 요리사는 손님에게 내어놓을 레모네이드에 소금을 집어넣었으며 집사는 손님들의 이름을 혼동했다. 당황한 손님들은 돌아갈 때 가위를 들고 나무를 톱질하고 있는 정원사를 보게 되었다.

그리고 정오 무렵 Kimyohan 저택을 찾은 손님인 Kimyohan 테일러, 즉 톨러스의 이종 조카는 신발도 신지 않은 채 현관을 달려 나오는 외삼촌을 보고는 깜짝 놀랐다. Kimyohan 톨러스는 미친 사람처럼 달려 나오며 고래고래 고함지르고 있었다.

"놈이 죽었다고! 그 예언이 그럼 정말이란 말이냐! 그, 그럼 닷새 후에는 내가?"

"외삼촌, 진정하세요. 그리고 부탁인데 제발 그렇게 두리번거리지 마세요."

목이 빠져라 주위를 경계하던 Kimyohan 톨러스는 이종 조카의 말에 겨우 몸을 진정시켰다. Kimyohan 테일러는 한숨을 내쉬면서 테이블 위에 놓여있는 레모네이드 잔을 톨러스에게 밀어놓았다.

"좀 드시고 진정하시……"

멍한 눈으로 레모네이드잔을 바라보던 톨러스는 갑자기 흠 칫하며 테일러를 바라보았다. 그의 입에서 억눌린 신음 같은 말이 새어 나왔다.

"독이지?"

"예?"

"그래! 독살이구나. 알았다. 이놈!"

톨러스는 의자에서 그대로 날아올라 테일러의 멱살을 움켜 쥐려 했다. 하지만 젊고 날쌔며 왕실 근위대원이기까지 한 테일 러는 외삼촌의 느린 공격을 수월하게 피할 수 있었다. 하지만 몹시 당황한 테일러는 외삼촌과 거리를 두기 위해 테이블 주위 를 돌기 시작했다.

"외삼촌! 왜 이러십니까?"

톨러스 역시 테이블 주위를 따라 빙글빙글 돌며 테일러를 쏘아보았다.

"네놈이었구나! 네놈이 독을 먹여서 나를 죽이고는 내 재산 을 가로챌 생각이지? 오냐, 네 마음대로는 안 된다!"

테일러는 어처구니가 없어서 변명도 꺼내지 못했다. 그런 테일러의 태도를 본 톨러스는 그것이야말로 살인자의 증거라고 생각했다. 톨러스는 고래고래 고함질렀다.

"나를 독살하러 온 것이 아니라면, 명절 때나 얼굴을 내비치는 네놈이 왜 오늘 나를 찾아온 거냐!"

"……외삼촌은 어제 처음 본 마법사의 말은 믿고 명절 때마다 만나는 이종 조카는 믿지 않으시는 겁니까?"

"그놈은 진짜 마법사야!"

"무사의 죽음을 예언했다는 거 말입니까? 그건 우연입니다."

그러나 테일러조차도 자신의 말을 거의 믿을 수 없었다. 그런 우연이 일어날 확률은 극히 희박하다. 죽음을 예언 받은 바로 그 다음 날 아침 출근하던 무사가 미친 낙타에 밟혀 죽을 가능성은 도대체 숫자로 나타낼 수 있을지조차 의심스럽다. 그리고 톨러스 역시 그것이 우연이라고는 생각할 수 없었다. 톨러스는 고래고래 고함지르며 테일러를 내쫓아내었고, 테일러 역시 지금은 외삼촌과 이야기를 나눌 분위기가 아니라고 판단하고는 앞서왔던 손님들과 마찬가지로 허둥지둥 톨러스 저택을 빠져나왔다.

하지만 다른 손님들이 어리둥절해 하거나 심지어 몹시 화를 내며 자신의 집으로 돌아간 것에 비해볼 때 젊고 활동적인 테일러는 조금 다른 면을 보였다. 테일러는 곧장 시내를 돌아다니기 시작한 것이다. 여기저기 수소문한 테일러는 잠시 후 Nollaun 마그누스의 집을 찾아낼 수 있었다.

Nollaun 마그누스는 Sinkihan시에서도 가난한 사람들이 모여 사는 허름한 뒷골목에 살고 있었다. 주위의 집에 비해 조금 깨끗해 보이는 것이 그 주인의 근면한 성격을 나타낼 뿐 집 자체는 오두막이나 다름없었다. 잠시 집을 둘러보던 테일러는 곧장 집 안으로 들어섰다.

대문 안 조그마한 마당에는 정원수가 한 그루 서 있었다. 그리고 그 나무 아래에는 한 청년이 비스듬히 드러누운 채 Sinkihan시의 시민들이 이 시간이면 거의 취하는 것, 즉 책 한 권과 함께 휴식을 취하고 있었다. 청년은 대문을 들어서는 테일러를 보더니 들고 있던 책을 내려놓고 똑바로 앉아서는 경계 섞인 태도로 테일러를 바라보았다. 테일러는 예의 바르게 고개를 끄덕이며 말했다.

"Kimyohan 테일러라고 합니다. 혹시 Nollaun 마그누스 선생님이십니까?"

Kimyohan이라는 이름을 듣자 청년의 얼굴에 미소가 떠올랐다.

"그렇습니다. 마법사 마그누스, 혹은 그냥 마그누스라 부르시면 됩니다."

그러자 테일러는 곧장 나무 아래로 걸어가서는 마그누스의 앞에 털썩 앉아서는 말했다.

"그 방법이 뭡니까?"

불의의 습격을 당한 마그누스는 — 누옥에 왕림하신 것을 환영합니다. 더운 날씨군요. 레모네이드라도 한잔하시겠습니까? 어쩌구저쩌구 하는 말을 꺼낼 수가 없게 되었다는 말이다. — 얼떨떨한 얼굴로 테일러를 마주 보았다.

"그 방법이라뇨?"

"우리 외삼촌이 닷새 후에 찾아올 죽음을 피할 수 있는 방법."

Nollaun 마그누스는 미소를 지으며 테일러를 바라보았다. 하지만 테일러는 딱딱하게 굳은 얼굴을 보내어왔을 뿐이었다. 마그누스는 헛기침을 몇 번 한 다음 불편한 목소리로 말했다.

"저는 공짜로 일하는 사람이 아닙니다만."

"멍청이가 아니라는 말이군요. 하지만 우리 외삼촌이 끝까지 고집을 지켜 죽어버리면 당신 역시 아무런 대가를 얻지 못할 텐데?"

"손해도 없지요."

마그누스는 싱긋 웃었다. 비교적 웃음이 많은 성격이었다. 하지만 테일러는 여전히 웃지 않았다.

"말해두겠는데, 우리 외삼촌은 절대로 당신을 찾지 않을 겁니다. 그분은 지금 몹시 두려워하고 걱정하고 있지만, 가장 간단한 방법, 즉 당신을 찾는다는 행동은 하지 않고 있지요. 그분은 원래 그런 분이오. 지는 것을 죽기보다 싫어하지. 그분이 절대로 당신을 찾을 리가 없을 것을 짐작하기 때문에 내가 온 겁니다. 아시겠습니까?"

"그런가요?"

"따라서, 당신 말이 사실이라 하더라도, 우리 외삼촌은 죽었으면 죽었지 당신을 찾아오지는 않을 겁니다. 그러므로 당신은 나에게 협력하지 않으면 절대로 한밑천 건질 수 없단 말이지요."

말을 마친 테일러는 그제야 싱긋 웃었다. 날카로운 웃음이었다. 하지만 마그누스 역시 비슷한 웃음을 지어 보이며 말했다.

"과연 그럴까요?"

테일러는 그 웃음에 당황했다. 마그누스는 느긋한 태도로 말했다.

"저는 명성을 얻을 겁니다. 테일러 씨. 제가 Kimyohan 톨러스의 죽음을 예언했다는 것은 이제 Sinkihan시에서는 모르는 사람이 없습니다. 그리고 그 예언이 현실이 될 때, 저는 불멸의 명성을 얻겠지요."

테일러는 뭔가 딱딱한 것으로 뒤통수를 강타당하는 기분을 느꼈다.

Kimyohan 테일러의 말은 사실이었다. 나흘 동안 Kimyohan 저택의 사람들은 지옥 같은 나날을 보냈어야 했다. Kimyohan 톨러스는 모든 사람을 의심했다. 그는 요리사를 의심하여 음식을 모두 개에게 먼저 먹게 만들었고, 이발사를 의심하여 수십 년 만에 처음으로 직접 면도했다. (덕분에 얼굴을 많이 베어먹었다.) 저격을 당할까 봐 창문이 있는 방에는 절대로 들어가지 않으려 했지만, 잠시 후 밀폐된 방에서 고함을 지르며 달려 나왔다. 그가 모종의 위기에 빠진다고 하더라도 밀폐된 방에서는 도와줄 사람이 없는 것이다. 결국 참다못한 집사가 정중하게 권해야 했다.

"그렇게 염려되신다면 Nollaun 마그누스 씨를 찾아가 보시는 것이 어떻겠습니까?"

톨러스는 무시무시한 눈으로 집사를 바라보았지만 대답하지는 않았다. 하지만 황금사자의 달 아홉째 날의 태양이 질 때까지도 톨러스는 그의 으리으리한 저택 밖으로 나설 채비는 갖추지 않았다. 즉, 톨러스는 마그누스의 예언을 믿는다는 태도를 절대로 취하지 않으려 들었다. 그가 공포에 빠져 있다는 것은 모든 사람들의 눈에 자명하게 보였지만, 톨러스는 스스로 마그누스를 찾아가지 않음으로써 자신의 최후의 자존심은 지키려는 것이었다.

그리고 Nollaun 마그누스 역시 아무런 움직임도 취하지 않은 채 약간 초라한 그의 집에서 황금사자의 달 아홉째 날의 석양을 맞이했다. 그의 말대로 그의 예언은 Sinkihan시의 모든 사람들에게 알려졌고, 따라서 마그누스는 자신이 먼저 톨러스를 찾는 일을 절대로 하지 않을 생각이었다. 만일 그가 톨러스를 찾아간다면 사람들은 당장 그를 협잡꾼이나 사기꾼으로 여기게 될 것이다. 그 예언이 속임수가 아닌 바에야 그가 톨러스를 찾아갈 이유가 없다. Sinkihan시의 신문사와 저명한 학자들이 끊임없이 그를 찾아왔고 심지어 왕립 마법 학교의 수염 긴 노교수들까지 젊은 마법사를 찾아와서 그 예언을 정말 믿느냐, 그 예언이 틀리면 어쩔 작정이냐는 식으로 질문했지만 마그누스는 조용히 웃으며 "시간이 저의 정당함을 증명할 것입니다."라고 말할 뿐 아무런 대답도 하지 않았다. 그래서 부자와 마법사는 각자 대저택과 초라한 오두막에서, 그들의 속마음이야 어쨌건 남은 나날들을 조용히 보내었다.

오로지 한 사람만이 분주하게 움직였다. 닷새 동안 Kimyohan 테일러는 톨러스와 마그누스 사이를 부지런히 오가며 양자를 달래려 들었다. 하지만 테일러는 한 가지 결론밖에 얻을 수 없었다. 톨러스는 살아난 다음 마그누스를 비아냥거려줄 생각이고, 마그누스는 죽은 톨러스의 무덤에 대고 비아냥거려줄 작정이라는 것이다. 톨러스는 절대로 자신의 죽음을 믿지 않으려 했고 마그누스는 톨러스의 생존을 믿지 않으려 들었다.

결국 Kimyohan 테일러는 점점 폭력적인 수단을 궁리하게 되었다. 훗날 군법회의의 판사 역시 정상 참작의 여지가 있다고 말했으리만큼, 황금사자의 달 열흘째 오전 SINBIROUN 왕실 근위대의 젊은 장교인 테일러가 검을 뽑아 들고 마그누스의 집에 처들어간 사실에는 많은 동정의 여지가 있었다.

"근위대의 바쁜 일정 때문에 명절 때나 찾아뵙는 외삼촌이지만, 그래도 내 사랑하는 어머님의 한 분뿐인 동생이시다. 말해라, 마법사. 해결책이 뭐지?"

대문을 박차고 들어서자마자 단숨에 마그누스의 서재까지 돌격한 다음 의자에서 반쯤 일어서다가 그대로 얼어붙은 마그누스의 목에 검 끝을 정확하게 가져다 댄 후 테일러가 중얼거린 말이었다. 목소리는 차분했고 얼굴엔 흥분한 기색도 없었지만, 마그누스는 그런 테일러가 더 무시무시하게 느껴졌다. 마그

누스는 목젖을 지그시 누르는 검의 예리한 감촉에 진저리치며
말했다.

"Kimyohan 톨러스 씨의 죽음을 피할 방법 말씀이십니
까······?"

"시간을 끌려는 거냐? 그 외에 내게 무슨 용건이 있겠나. 빨
리 말해라. 정오가 가깝다!"

마그누스는 한숨을 내쉬며 말했다.

"이제는 없습니다."

테일러는 모든 종류의 대답에 대해 예상해두었지만 이런 대
답은 예상하지 못했다. 테일러는 눈을 껌뻑거리며 마그누스를
바라보았고, 그가 희미하게 웃고 있다는 것을 알게 되었다.

"그냥 없는 것이 아니라 이제는 없다니? 그게 무슨 말이지?"

"말 그대로입니다."

"그게 도대체 무슨 말이냐!"

"내게 이런 짓을 해봐야 소용없습니다. Kimyohan 테일러.
이제는 불가항력입니다. 톨러스 씨의 자식들은 저를 찾아오지
도 않았습니다. 그리고 당신은, 이종조카인 당신마저도 군법회
의에 회부될 것을 무서워하지 않고 이렇게 민간인에게 검을 겨
누고 있습니다. 이 정도면 다 끝난 것 아닙니까?"

테일러는 더욱 어리둥절해졌다. 이게 도대체 무슨 말이지?

그때 그의 등 뒤에서 나직한 목소리가 들려왔다.

"아직 끝나지 않았어. 그리고 앞으로도."

테일러는 고개를 돌렸고 그곳에 간소한 외출복을 입은 톨러스가 서 있는 것을 보았다. 톨러스는 마그누스를 향해 미소지었다.

"문이 박살 나 있기에 그냥 들어왔네. 내 조카의 소행인가 보군. 용서하시게, 마그누스."

"죽을 당신을 봐서 용서해드리지요."

"잘못 말했어. 죽음을 벗어난, 이라고 말해야지."

마그누스의 눈빛 속에 불안감이 떠올랐다. 톨러스는 싱긋 웃으며 테일러를 향해 고개를 돌렸다.

"내가 그의 말을 설명해주지. 사랑하는 조카여. 그리고, 그 검은 이만 내리게."

톨러스는 '좋은 취미군.'이라고 말하는 것 같은 표정으로 마그누스의 정갈한 마당을 주욱 둘러보았다. 마그누스와 테일러는 모두 톨러스의 여유 있는 행동에 의아해하며 그의 말을 기다렸다. 톨러스는 차분하게 말했다.

"그의 말은 이렇네. 내 자식놈들은 내 죽음을 믿고 있기에 당연히 그 해결책을 물어보려고 찾아오지 않았지. 내가 죽어야 유산을 받을 테니. 그리고 세상에 단 한 사람, 나를 사랑하는 유일한 친지인 자네마저도 내 죽음을 믿어버렸기 때문에 군법 재판을 감수하고 검을 뽑았다는 말이지."

"믿었……다고요?"

"믿지 않았다면 이렇게 올 까닭이 없겠지. 그렇잖은가?"

테일러는 대답하지 않았다. 톨러스는 싱긋 웃으며 마그누스를 바라보았다.

"하지만 난 그 불쌍한 무사와는 달라. 절대로 믿지 않아. 지금까지도, 그리고 앞으로도. 그러니 난 죽을 리가 없잖은가?"

마그누스의 얼굴이 창백해졌다. 톨러스는 하늘을 힐긋 바라보고는 말했다.

"정오로군. 자네 둘을 점심 식사에 초대하겠네. 외출 준비를 갖추겠나, 마그누스?"

마그누스는 풀죽은 모습으로 옷을 갈아입으러 들어갔다. 테일러는 손에 든 검을 어찌해야 좋을지 모르겠다는 표정으로 톨러스를 바라보다가 더듬거리며 말했다.

"모든 사람들이 다 그렇게 믿으면…… 그렇게 된단 말입니까?"

"그게 마법이지, 뭐. 그리고 저 젊은이의 속임수도 바로 그것이었고. 마법은 별 게 아냐. 모든 사람들이 간절히 그렇게 되기를 바라는, 그렇게 되기를 믿는 마음이 바로 마법의 힘이지. 그리고 한마디 더 하자면……"

톨러스는 갑자기 짓궂은 표정을 지어 보였다. 아직도 얼떨떨한 얼굴을 한 이종조카를 향해, 톨러스는 파안대소를 하며 말했다.

"이 얼간아, 그 나이가 되도록 마법을 믿는단 말이냐?"

봄이 왔다

"너 봄 좋아하냐?"

충격적인 대사에 퍼뜩 정신이 들었다. 나는 콧등의 안경을 밀어 올리고는 상황을 살폈다. 안주인지 그 역한 냄새로 파리를 쫓아내기 위한 살충제인지 구분이 안 가는 음식물들이 놓여있는 탁자가 먼저 눈에 들어온다. 그 정체 모호한 음식물 주위엔 불도를 수행 중인 소주병이 두어 개 놓여있다.

좀 더 고개를 들어보자 공단 근처의 허름한 실비집이라는 것을, 그리고 시각은 밤이라는 것을 알 수 있었다. 하지만 야근하는 사람과 기계의 소음 같은 것은 들려오지 않는다. 이 음울한 고요는 불황을 나타내는 훌륭한 경제 지표다. TV 볼륨을 줄여놓고 드라마를 시청하고 있는 주인 아주머니를 제외하면 반경 백 미터 내에 사람이라곤 나와 탁자 맞은편에 앉아있는 주혁뿐인 것 같다.

그런데 그 팽주혁이 '봄 좋아하냐?' 같은 말을 하고 있다.

팽주혁이 누구던가. 내 인생의 팝업창, 내 지갑의 맵핵, 내 이성의 블루 스크린 등 화려한 칭호를 가지고 있는 나의 친구다. 아무리 세상이 미쳐 돌아가고 있다 해도 내 친구는 '너 봄 좋아하냐?' 같은 말을 해선 안 된다. 하물며 호박 속에 갇힌 모기의 피에서 뽑아낸 공룡 유전자로 태어난 듯한 체구와 어두운 곳에서 맞닥뜨리면 '더 파워 오브 크라이스트 컴펠스 유(the power of Christ compels you)!'*라고 외쳐주고 싶은 용모를 갖추고 있는 팽주혁은 절대로 그래서는 안 된다.

세상에, 어쩌다가.

나는 이 문제에 대처하기에 앞서 소주병의 수행을 좀 더 도와주기로 했다. 모든 것은 공이다. 비워라, 더욱 비워라. 소주병은 해탈했다. 구제받아야 할 소주병을 새로 요청하고는 팽주혁을 직시했다.

"좋아하지. PD와 작가들이 어쩔 수 없이 자기 매너리즘을

---

* 영화 「엑소시스트」에서 구마 의식 때 사용한 대사로 유명하다.

포기해야 하는 계절이니까."

"응? 아, 봄철 개편. 텔레비전 좋지."

보유한 재산을 모두 현금화해서 최후의 환락을 즐겨야겠다는 충동을 느꼈다. 내일 지구가 멸망할 것이 분명하니까. 충실한 TV 시청자라는 이유로 나를 금치산자 취급하는 주혁의 입에서 텔레비전 좋다는 이야기가 나오는 것보다 더 확실한 지구 멸망의 징조는 없다.

다행인지 불행인지 나에겐 현금화해서 환락을 즐길 재산이 없었다. 지금 주최하고 있는 이 간소한 술자리조차 내겐 버겁다. 당장 은행으로 달려갈 필요가 없다는 사실을 우울하게 인정하고는 새로 도착한 소주병의 삭발식을 거행했다.

주혁의 잔을 채워주자 주혁은 멍한 눈으로 그것을 바라보다가 말했다.

"그런데 봄 좋아하냐고."

"관심이 없는데. 그런데 왜 갑자기 봄 이야기는 꺼내는 거야?"

"오늘 봄이 왔거든."

"무슨 이야기야? 벌써 4월이잖아. 한식, 청명이면 몰라도 입춘은 오래전에 지났는데?"

"입춘이라고 하지는 않았어. 오늘 봄이 왔다고 했지. 오전에."

하긴 봄이 입춘에 오는 것은 아니다. 달력에 있는 입춘이라는 글자만 보고 겨울옷을 벗었다간 감기에 시달릴 가능성이 높다. 달력 위가 아니라면 주혁이 오늘 오전 봄을 발견한 곳은 어디일까.

"벚꽃 핀 것 봤어? 아니면 개나리?"

"못 봤는데."

"그럼 뭘 봤는데?"

"그야 봄을 봤지."

"아니, 내 말은 어디에서 봄을 봤냐는 거야. 뭘 봤으니까 봄이 왔다고 한 거 아냐."

"봄을 봤으니까 봄이 왔다는 거야."

"도대체 그게 무슨 소리……"

주혁이 뭐가 잘못되었는지 알았다는 표정으로 손을 들었기에 하던 말을 도로 삼켰다. 주혁은 겨우내 입었던 것이 아닌가 싶은 낡은 작업복 속으로 손을 집어넣었다. 안주머니에서 뭔가를 꺼낸 주혁은 그것을 소주병들의 선방에 올려놓았다. 거기 있는 것은 한 번 뜯었던 조그마한 골판지 상자였다.

주혁은 내가 상자에 관심을 두길 바라는 것 같았지만 나는 그러지 않았다. 대신 주혁을 응시했다. 오랫동안 방치해 두었던 소주잔을 입가로 옮기던 주혁은 내 시선을 느끼곤 눈썹을 꿈틀렸다.

잔을 비운 주혁은 직접 손을 뻗어 골판지 상자의 내용물을 꺼냈다.

밖으로 나온 것은 반지 케이스 크기의 나무 상자와 여러 번 접은 종이였다. 상자 뚜껑을 젖힌 주혁이 그것을 내 쪽으로 밀었다. 상자 안쪽에는 언뜻 보기에 복숭아씨처럼 보이는 것이 놓여있었다. 나는 당황하여 주혁을 바라보았다.

그때 접은 종이를 펼친 주혁이 그것을 내게 건넸다. 안에는 약 설명서를 연상시키는 조그마한 글씨가 빽빽하게 인쇄되어 있었다.

열렬한 텔레비전 애호가인 내 시력은 시원찮았고 가게의 조명도 침침해서 안경을 다시 밀어 올린 후에야 가까스로 읽을 수 있었다.

〈봄씨〉

주요성분 / 함량 (100g중) : 주간연장제(15g), 야간축소제(15g), 개화촉진제(6g), 탈피유도제(4g), 화분비산제(1g), 황사운반제(1g), 춘곤증유발제(0.5g), 몽상보조제(0.4g), 초연회상제(0.1g) 외 여러 미량 성분.

작용 및 특징 : 주간연장제는 야간축소제와 더불어 작용함으로써

낮의 길이를 연장하고 밤을 축소시킵니다. 따라서 주야의 비율이 변하고 기온이 상승하지만 두 약제의 복합작용 때문에 하루의 길이는 바뀌지 않습니다. 개화촉진제는 식물의 발아 및 개화를 촉진하는 약리작용을 가지고 있으며 목련, 벚나무, 개나리, 진달래, 매화 같은 반응성이 높은 식물의 경우 잎보다 꽃이 먼저 피어나는 효과가 발생합니다. 탈피유도제는 동물들의 겨울털을 효과적으로 제거하고……

뭔가 빨려 들어가는 듯한 느낌에 황급히 읽는 것을 중단하고는 주혁을 바라보았다. 주혁은 심드렁하게 말했다.

"봄이야. 오늘 오전에 택배로 왔어."

소주병들의 성불을 도와온 내 음주 역사를 통해 볼 때 술자리에서는 확실히 온갖 해괴한 일들이 일어난다. 그렇다고 하더라도 '오늘 오전에 봄이 왔다'는 문장이 은유도, 시도, 주정도 아닌 건조하기 짝이 없는 서사가 되는 경우는 난생처음 겪었다. 물론 그 건조함은 내가 아는 주혁에게 어울리긴 한다.

나는 상자를 가리키며 다시 질문했다.

"이게 뭐라고?"

"너 귀에 축농증 걸렸냐? 봄이라니까. 몇 번 말해야 되는 거야?"

주혁은 약간 성이 난 것처럼 말했다. 그리고 디펜시브 매트릭스만 걸어주면 맨손으로 울트라리스크도 때려잡을 것처럼 보이는 놈이 '약간 화를 낸다'는 것은 예삿일이 아니다. 취기에 그런 공포까지 더해지자 나는 무의식적으로 고개를 끄덕였다.

"아, 이게 봄이구나."

내 간사함에 치를 떨고 싶었다. 자기혐오를 곱씹는 대신 질문을 하기로 했다.

"누가 이걸 보냈는데?"

"상자 봐."

골판지 상자는 인터넷 쇼핑몰 같은 곳에서 사용하는 상품 발송용 상자였다. 발송처는 '아무래도 서정시 쓸쓸하면 읽으리 한국계절산업진흥단지 (유)봄'이었다. 솔직한 소감으로 얼씨구 잘 논다는 심정이었다.

"네가 여기에 봄 주문했냐? 가격은 얼마였어?"

"무료야. 사은 행사에 당첨됐어."

많이 듣던 문구다. 그 다음엔 배송료 명목으로 소정의 금액을 요구하겠지. 하지만 이것을 그런 종류의 사기라고 생각하기는 어려웠다. 이런 말도 안 되는 주소지나 회사명, 상품 같은 것으로는 우리 집 셴둥이도 속여넘기기 어려울 테니까. 혹시나 하는 기분에서 확인해보기로 했다.

"배송료는?"

"무료 배송."

아무래도 이걸 현실로 받아들여야 하나 보다. 주혁이 취해서 헛소리를 한 것도 아니고, 내가 진돗개도 속여넘기기 힘든 독특한 사기를 목격한 것도 아니라면, 결국 유한회사 봄이 고객 사은 행사의 일환으로 내 친구 팽주혁에게 봄을 택배로 보낸 것이다. 정리 끝.

뭐가 정리 끝이냐?

텔레비전이 나를 그 정도로 망가뜨리지는 않았다. 냉정을 되찾기 위해 하는 일로는 좀 어울리지 않지만 나는 소주잔을 확 비웠다. 내 잔을 채워주는 주혁에게 나는 최대한 냉철한 목소리로 질문했다.

"어떻게 당첨됐는데?"

아, 젠장. 퍽도 냉철한 질문이다. 주혁은 소주병을 내려놓고는 턱을 긁적거렸다. 말하길 즐기지 않는 사람들이 흔히 그렇듯 주혁은 머릿속으로 정리를 해야 긴 말을 할 수 있다. 이윽고 주혁이 입을 열었다.

"며칠 전에 PC방에서 검색을 하고 있었어. 노동사무소 주소 좀 알아보려고."

뭐라고?

"진정 넣으려고?"

"뭐? 아, 그냥 한 번 알아본 거야. 네가 하도 떠들어서."

"당연히 진정 넣어야지. 그래서 끝까지 받아내야 해. 너는 그럴 자격 있어."

멍청한 인문학도인 내가 주혁의 공학적 능력을 평가하는 것은 주제넘은 일일 것이다. 하지만 나는 주혁이 없으면 공장이 안 돌아간다는 것을 누구 앞에서도 증언할 수 있다. 함께 술 마시는 자리로 걸려오는 '기계들의 반란이다! 인류가 위험해!' 류의 구조 요청들을 얼마나 많이 들었던가. 그때마다 주혁은 시큰둥하게 몇 마디 중얼거리거나 혹은 직접 가서 기계들의 가소로운 반란을 진압하고는 술자리로 복귀하곤 했다. 물론 이것을 엔지니어 팽주혁의 탁월함으로 해석하기보다는 평범한 기계공 한 명에게 매달려야 할 만큼 공장 여건이 비참한 거라고 해석하는 것이 나을 것이다.

그런 회사의 입장에서는 주혁의 월급을 올려줄지언정 떼먹을 수는 없다. 그것은 상식이다.

그런데 떼먹은 것이다. 그것도 벌써 여섯 달째 체불이다. 그 기간은 유복한 부모님에게 넉살을 팔아 용돈을 버는 백수인 내가 직장인 팽주혁에게 술을 얻어먹는 대신 사주게 된 기간과 일치한다. 지난 여섯 달 동안 나는 '내게 다시 술을 공급하기 위해서라도 너는 근로감독관과 사장의 깊이 있는 만남을 주선해야 한다'라고 주혁을 닦달했고 그런 닦달에 주혁은 무반응으로 일관했다.

그런데 이 멍청이가 마침내 반응을 보인 것이다. 귀찮아서 주소나 알아보았다는 미적지근한 반응이지만 그래도 그게 어디인가.

"반드시 받아내야 해. 못 주겠다면 콩밥 먹여버려. 개자식. 좋게좋게 대하니까 사람을 날로 부려먹으려 드는 그런 개새끼는 인간 세상과 격리시켜야 해."

말하길 즐기지 않는 사람들이 머릿속에서 정리했던 말을 꺼낼 때 흔히 그렇듯, 주혁은 내 방해에 혼란스러워하다가 하던 말을 그냥 계속했다.

"클릭을 잘못해서 무슨 광고창을 건드렸어. 그래서 이상한 곳으로 넘어갔어."

"그건 됐고, 술 그만 먹자. 주소 알아봤지? 내일 가서 진정 넣어. 혼자 가기 싫으면 같이 가주지."

주혁은 또다시 혼란스러워하다가 묵묵히 술잔을 들어 올렸다. 그것을 비운 주혁은 입을 쓱 닦고 말했다.

"백스페이스 누르려고 했는데 갑자기 눈을 끄는 것이 보이더라고."

신음을 흘릴 수밖에 없었다. 지금 주혁의 상태는 웃옷을 벌리고 가슴의 B자를 드러낸 거나 마찬가지이기 때문이다. (B는 불도저의 머릿글자다.) 내가 무슨 짓을 하든 주혁은 자기 할 말을 끝까지 할 것이다. 차라리 빨리 말 끝내게 한 후에 내 말을 하는 것이 낫다는 것을 경험으로 알기에 그냥 입 다물기로 했다.

그리고 곧 그 결심을 철회했다. 소주를 마시려면 입을 열어야 하니까. 성불해라, 성불해. 그리고 소주보살 되거든 나 좀 구제해다오. 나는 팔짱을 낀 채 주혁의 말에 귀를 기울였다.

낡은 형광등이 파닥거리는 소리 속에서 주혁이 웅얼거렸다.

"대문에 '봄을 잃은 것 같지 않습니까?'라는 카피가 있었어. 그 말이 갑자기 와 닿더라."

"그게 왜?"

"몇 년 동안 내가 했던 생각이거든."

"그런 생각을 했었다고?"

"그래. 그런 거 느껴본 적 없냐? 아직도 꽤 쌀쌀하다고 말하다가 바로 그 다음 날 벌써 꽤 더워졌다고 말하게 되는 것 말이야."

"봄이 원래 그렇잖아. 아침저녁은 쌀쌀하고 낮에는 따뜻하고. 그래서 환절기 감기도 있는 거 아냐."

내 설명은 주혁을 난처하게 한 것 같았다. 주혁은 말이 잘 안 나와서 답답하다는 투로 왼손을 쥐었다 폈다 하다가 갑자기 환한 표정으로 말했다.

"그래. 그건 맞아. 그런데 그게 봄이 아니라 꼭 겨울하고 여름 짬뽕해 놓은 것 같지 않냐?"

주혁은 자신의 표현에 감동한 것 같았다. 문학의 위기가 왜 발생했는지 이제야 알 것 같다. 팽주혁 때문이다.

"봄이 진짜 봄이 아니라 겨울하고 여름 섞어서 만들어놓은 것 같단 말이야. 가짜 휘발유처럼. 진짜 봄이 없어지고 있어. 요 몇 년 새 삼짇날에 흰나비든 노랑나비든 나비를 본 적이 있냐?"

"못 봤어. 하지만 성탄절에 눈 오는 것도 최근 몇 년 동안 본 적이 없는데."

"성탄절이야 예수님 생일이지 계절하곤 아무 관계 없어. 그리고 지금 봄 이야기하고 있잖아. 삼짇날에 나비 못 봤다고 했지? 나도 못 봤어. 뭐가 날아다닌다 싶으면 모기야. 그러고는 '모기 날아다니는 거 보니 벌써 여름이네.' 이렇게 되는 거야."

나비에게 도시는 사막이고 모기에게 도시는 뷔페 코스이니 두 곤충의 목격 빈도가 차이나는 것은 당연하지 않냐는 눈빛을 쏘아주었다. 불도저에게 눈빛을 쏘아주면 무슨 일이 일어날까?

"이제 너도 문제가 심각하다는 것을 이해했나 보군."

B는 곰의 머리글자기도 하다. 미련한 곰 같으니라고.

"아, 좋아. 봄이 없어졌다고 치고, 그래서?"

"그 사이트에도 내 생각하고 똑같은 말이 있어서 자세히 봤어. 쇼핑몰이더군. 상품 목록 제일 위쪽에 최근에 가장 많이 팔린 상품으로 봄이 올라 있었어."

"고객 평가는 읽어봤나?"

"응."

농담 삼아 한 말에 이런 대답이 돌아와도 이젠 놀랍지 않다.

"평은 좋아?"

주혁은 자기 사는 동네에 몇 년째 봄이 안 와서 고민하는 사람이 자기 외에도 많다는 것을, 그리고 그 사람들이 받은 봄을 잘 쓰고 있다는 호의적인 고객 평가를 올려놓았다는 것을 알게 되었다. 좀 더 자세히 읽어보려던 주혁은 그날이 판매 마지막 날이었고 게다가 밤 11시 반이었기에 판매 종료까지는 30분 정도밖에 남지 않았다는 것을 알게 되었다.

"봄은 시즌 상품이거든. 그래서 한시적으로 판매하는 거야."

어련하겠냐. 당연히 시즌 상품이겠지. 어쨌거나 그래서 주혁은 서둘러 회원 가입을 했다. 그런데 가입 절차가 끝나자 신규 가입자 사은 행사에 당첨되셔서 상품 하나를 무료로 주겠다는 메시지가 떴단다. 그래서 주혁은 봄을 선택했고, 그게 오늘 오전 도착했다.

주혁의 설명이 끝났지만 나는 할 말이 없었다. 그래서 아무 말이나 꺼냈다.

"봄을 팔았다면 인터넷 매춘이군. 신고했냐?"

주혁은 내 시시한 농담이 재미있다는 듯이 씩 웃었다. 그러고는 자신의 설명을 내가 완전히 납득했고 이 상황에 두고 있는 자신의 진지함에 내가 완전히 동조하고 있다는 투로 단호하게 말했다.

"가자."

"가자고?"

"심으러 가자."

심어? 나는 옆으로 치워두었던 설명서를 끌어당겨 훑어보았다. 작은 글씨들 사이에서 문장 하나가 두드러지듯 눈에 들어왔다.

사용법 : 되도록 넓고 양지바른 땅에 30cm 정도 깊이로 심으십시오.

'봄씨'라는 물건을 바라보았다. 땅에 심는 것이었군. 그러면 이 동네에 봄이 핀단 말이지.

"지금?"

"설명 안 들었냐? 시즌 상품이야. 오늘 안에 심어야 해. 늦었으니 빨리 가자."

내 생각에 오늘 안에 반드시 해야 할 일은 주혁에게 노동사무소에 가겠다는 약속을 받아내는 것이다. 하지만 주혁은 내 대답도 기다리지 않고 자리에서 일어났다. 봄씨가 든 상자와 설명서를 챙겨 든 주혁은 차두리도 감탄할 만한 직선적인 움직임으로 실비집을 나가버렸다. 황급히 주인아주머니에게 술값을 치른 나는 속으로 욕설을 중얼거리며 주혁의 뒤를 쫓았다. 젠장. 봄인지 뭔지를 심는 동안에라도 어떻게 설득을 해봐야겠다.

밖으로 나오자 공단 지구의 침묵이 콧등을 때렸다.

기계 소음, 불 켜놓은 사무실, 밤새워 달려왔거나 달려갈 트럭들의 으르렁거림 같은 것은 없었다. 하다못해 졸린 표정의 경비원이 손전등 들고 돌아다니는 모습도 보이지 않았다. 후각적으로도 고요했다. 기계 윤활유 냄새나 독한 화공약품 냄새, 어느 외계 행성의 대기를 호흡하고 있는 것이 아닌가 착각하게 만드는 그런 냄새들이 없다는 것을, 마냥 좋아할 수가 없었다. 잠깐 동안 갈피를 못 잡는 사람처럼 엉거주춤하게 서 있었다.

문득 봄 내음도 느껴지지 않는다는 것을 깨달았다. 흙냄새, 풀냄새, 미세먼지와 화분이 뒤섞인 비릿한 듯하면서도 차분한 냄새가 없었다. 도시에도 그런 냄새를 풍기는 물건들은 많다. 공장 담벼락 아래에 핀 후줄근한 민들레나 광고지 붙이라고 심어둔 것 같은 가로수 등이 그러하다. 하지만 내가 선 밤에는 그런 냄새도 없었다.

나는 무엇에 쫓기는 사람처럼 저 앞에 걸어가는 주혁을 향해 잰걸음으로 다가갔다.

시민들이 호흡하는 공기가 얼마나 지저분한지를 알려주기 위해 설치한 듯한 보안등 아래를 거닐고 있는 사색에 빠진 표정의 고릴라 한 마리. 하나님인지 알라인지 옥황상제인지, 어쨌거나 이 세상을 주관하는 지적 존재가 실존한다면 그 연출가적 소양에 의심을 품을 수밖에 없는 광경이다. 아니, 어쩌면 그분은 45억 년 전부터 데카당이었는지도 모르겠다. 연출 기법에 그런 흔적이 많이 엿보인다.

나는 그 고릴라에게 말을 걸었다.

"어디로 가는데?"

"우리 공장 원료 야적장. 넓고 양지바르거든."

그렇다면 혹 들키더라도 불법 침입으로 체포당하지는 않겠다고 생각하며 은근한 목소리로 말했다.

"그래. 내일 진정 넣을 거지?"

주혁은 걸음을 멈추지 않은 채 의아한 눈으로 나를 돌아보았다. 내 말이 무슨 뜻인지 못 알아들은 모양이다. 제에에엔장. 나는 체불임금과 근로감독관, 악덕고용주가 받아야 할 응보, 그리고 정의 구현에 대해 설명하기 위해 상당량의 단어들을 낭비해야 했다. 주혁은 내 말을 오징어처럼 질겅질겅 씹다가 그걸 툭 뱉듯이 말했다.

"아니."

"왜?"

"아직 월급 받고 나서 뭘 할지 결정 안 했어."

"뭐?"

"그렇잖아. 대판 싸워서 월급 받아냈으면 거기서 나와야지. 계속 다닐 수는 없지. 그럼 다른 일을 해야 할 텐데 마땅히 하고 싶은 것이 없어."

두 가지 상반된 감정이 느껴졌다.

첫 번째는 안도감이었다. 주혁은 체불임금에 대해 아무 생각이 없는 것이 아니라 그것을 수령한 이후의 일까지 생각했었던 모양이다. 하긴 자기 일이니 고민하는 것은 당연하지만 그럼에도 불구하고 내겐 주혁이 자기 앞날을 생각했다는 사실이 꽤 놀라운 일처럼 여겨졌다. 그러나 놀라움을 표시하지는 않았다. 내 표면적 반응을 이끌어낸 것은 두 번째 감정이었으니까.

왈칵 화가 치밀었다.

"뭘 할지 몰라서 그냥 어영부영 시간 보내겠다고? 그런 말이 어디 있냐?"

취기가 이제서야 오르는 모양이다. 나는 발에 걸리는 뭔지 모를 물건을 걷어찼다. 그것은 블럭 담장에 맞아 이상한 소리를 내며 부서졌다. 후련한 기분이라곤 조금도 들지 않았다.

"아니, 깔끔하게 정리를 못 하니까 뭘 할지 안 떠오르는 거야. 알겠어? 아침에 일어나서 갈 곳이 있고 잡생각 안 나도록 시간 때워주는 일도 있으니까 그냥 거기에 안주하고 싶어지는 거야. 그걸 정리해야 해. 그래야 뭐가 떠올라도 떠오를 거 아냐."

거기서 말을 끊고 싶었지만 소주와 결탁한 내 입은 자결권을 주장했다. 평소에 품었던 생각이지만 감히 꺼내지 못했던 말이 술술 흘러나왔다.

"지독하게 자기 위주의 생각이지만 난 가끔 부모님들이 미워."

주혁은 소 같은 눈으로 나를 바라보았다. 나는 내 입에서 나오는 말들에 경악하며 말했다.

"백수로 지내도 될 만큼 뒷바라지를 해주니까 내가 앞으로 치고 나가질 못해. 아, 그래. 이건 말도 안 되는 생각이지. 호강에 겨운 헛소리지. 하지만 가끔은 그런 생각이 든다고. 먹이고 입히고 재워주는 것을 딱 중단하면 내가 스스로 살 궁리를 하지 않을까 하는 생각 말이야."

천박하기 짝이 없는 말이었지만 주혁은 탓하지 않았다. 대신 나를 놀라게 만들었다.

"우리 부모 세대는 탯줄을 끊지 못했지."

"뭐라고?"

주혁은 침묵했다. 긴말을 준비하는 모양이다. 한참 후 주혁은 침묵한 적도 없다는 듯이 말을 시작했다.

"자식을 자궁 밖으로 내보낸 후에도, 자식이 학교를 가고 취직을 해도 탯줄이 주렁주렁 이어져 있어. 끊임없이 영양분을 공급해서 자식이 살아있도록 하는 것이 부모의 일이라고 믿지. 물론 엄청난 자기희생이지만 또한 엄청난 책임 회피야. 자식에게 영양분을 직접 모으는 방법을 가르치지 않거든. 그건 학교가 해줄 거라고 믿지. 그런데 학교에서 가르치는 것은 상급 학교에 가는 방법뿐이야. 결국 졸업장은 따지만 그때도 탯줄은 이어져 있어. 아는 방법은 상급 학교로 가는 방법뿐이고. 더 이상 갈 학교도 없으니 방법은 두 가지지. 탯줄을 부여잡고 빈둥거리거나 세상을 온통 학교로 만들거나."

한숨이 나온다.

"시험 치고 등수 매기고 높은 점수가 목적이라고 믿고."

"일하고 은행 잔고 확인하고 많은 돈이 목적이라고 믿고. 그래. 우리가 이렇게 된 것은 부모들이 탯줄을 끊지 못하셨기 때문이지. 하지만 그분들은 그런 방법밖에 몰라. 언제나 하시는 말씀이 '밥은 먹었냐? 안 먹었으면 차리마.' 같은 것밖에 없다고 해서 그분들을 탓하면 안 돼."

술 때문에 텁텁한 입안이 후끈거렸다. 나는 머리를 흔들었다.

"나도 알아. 젠장. 그분들이 못 끊으면 이쪽에서 끊어야겠지. 하지만 끊고 난 후에 어떻게 해야 할지를 알 수……"

내가 하려던 말이 조금 전 주혁이 했던 말 그대로라는 것을 깨닫고는 말끝을 흐릴 수밖에 없었다. 나도 자신이 못 하는 일을 남에게 하라고 강요하는 것이 조언이라고 믿는 부류였던 모양이다.

바람은 파업에 들어간 모양이다. 대로와 골목 어디에서도 바람이 불지 않는다. 아주 먼 곳에서 들려오는 자동차 소리들이 없었더라면 우리가 술 마시는 사이에 3차 대전이 일어나 인류가 멸망했다고 믿을 정도로 고요했다. 주혁의 안전화가 포석에 땅땅 부딪히는 소리마저도 어쩐지 귀에 잘 들어오지 않았다.

"봄이 오면 나아질 것 같다."

갑작스러운 주혁의 말도 잘 들리지 않았다. 몇 걸음 더 걸어간 후에야 나는 주혁이 무슨 말을 했는지 깨달았다.

"뭐? 봄이 오면?"

"그래."

"뭐가 나아진다는 거야?"

"겨울만 넘기자는 생각 더 안 해도 되잖아. 그러면 뭘 해야 할지도 떠오를 것 같다."

말을 끝낸 주혁은 모퉁이를 돌았다. 길을 모르기 때문에 서둘러 주혁의 뒤를 따라 골목으로 접어든 후에야 주혁의 말에 대해 좀 생각해볼 수 있었다.

주혁의 황당하게 들리는 고찰이 최소한 내게는 엄연한 사실임을 인정할 수밖에 없었다. 요 몇 년 동안 내게는 봄이 없었다. 겨울만 넘기자고 생각하며 미적거리다 보면 어느새 여름이었다. 봄. 겨울을 버텨낸 사람들이 맞이할 수 있는 그 새로운 시작의 시간이 내겐 신기루처럼 어렴풋하다.

주혁도 그런 것일까. 겨울만 버티고 나서 이 직장 때려치우겠다고 생각하다가 어느새 여름이 와버리는 것을 몇 년 동안 경험했을까. 그럴지도 모르겠다. 아니, 그럴 것이다. 주혁에겐 '봄'이 필요했다. 몇 개월 동안 임금이 밀렸기 때문에 그만두는 것이 아니라 다른 일을 시작하기 위해 그만두는 것. 중단하기 위한 중단이 아니라 계속 나아가기 위한 중단을 위해 주혁은 '봄'을 원했던 것이다. 때마침 인터넷에서 어떤 기인이 흥미로운 장난질을 하고 있었고 주혁은 그 장난을 자신의 동기로 이용해보려 마음먹은 것이다.

그래. 이건 기인 기질이 대단히 풍부한 누군가의 장난이다. 주혁이 본 고객 평가라는 것은 이런 장난에 맞장구치길 좋아하는 네티즌들이 써 올린 것일 테고. 왜 이 사건이 아직도 텔레비전에서 보도되지 않은 것인지 궁금하다. 이런 사건이라면 다람쥐 도토리 모으듯 사건 사고 수집하는 네티즌들이 오래전에 이슈로 만들었을 테고 그랬다면 시사정보 프로그램에서도 보도되었을 것이다.

'(앵커 멘트) 시청자 여러분. 인터넷에 봄을 판매하는 곳이 있답니다. 이 온라인 쇼핑몰은 주문을 받으면 봄을 포장해서 배송해줍니다. 과연 무슨 말일까요? (성우 내레이션) 모모시에 사는 모모 씨는 팍팍한 현실에 힘겨워하는 이웃들에게 봄의 따스함을 선물하기로 마음먹었습니다. 그는 어쩌고저쩌고⋯⋯'

주혁이 걸음을 멈추었다.

우리는 공장 정문 앞에 서 있었다. 이 밤중에 그 쇠창살은 마치 동물원 우리처럼 보였다. 세계 각국에서 모아온 희귀한 금속 동물들을 가둬둔 낡은 동물원. 어딘가에 경고문이 있을 것 같은데. 기계에서 식용유를 주지 마세요. 기계가 아파요. 내가 말도 안 되는 생각을 하고 있는 동안 주혁은 바지 주머니에서 열쇠 꾸러미를 꺼내더니 정문 한쪽의 쪽문을 열었다. 그 모습을 보다가 갑자기 야간 경비자나 당직 근무자 같은 존재들이 떠올랐다. 이렇게 들어가도 괜찮을까?

문 앞에서 꾸물거리는 나를 본 주혁이 뭐가 문제인지 알았다는 듯이 말했다.

"오늘 밤에 내가 당직이야."

"그랬냐?"

"응. 문 잠가놓고 잠깐 나가서 너 만난 거야. 들어와."

꽤 헐렁한 당직 근무 태도라고 생각하며 공장 안으로 들어갔다.

주혁은 나를 원료 야적장으로 안내했다. 한쪽에 방수포로 덮어둔 거대한 무더기가 있었지만 널찍한 야적장은 전체적으로 허전해 보였다. 나를 그곳에 세워두고 주혁은 어디론가 어슬렁어슬렁 걸어갔다. 잠시 후 주혁은 삽 하나와 손전등 하나를 챙겨서 돌아왔다.

주혁은 내게 손전등을 건네고는 땅을 비추게 했다. 나는 될 대로 되라는 기분으로 바닥을 비추었다. 땅 위에 스포트라이트처럼 동그란 광원이 그려지자 주혁은 땅을 파내기 시작했다.

화물트럭들이 오간 야적장의 바닥은 단단했다. 곧 그 바닥에 30센티미터 깊이의 구덩이를 파려면 삽보다는 곡괭이가 어울린다는 것이 명백해졌다. 내가 그 사실을 지적했지만 주혁은 곡괭이가 없다고 말하고는 삽을 거칠게 놀렸다. 고요한 공단 지구에 그 소리는 쾅쾅 울려 퍼졌다. 누가 소리를 듣고 와서 뭐하냐고 물어보면 어떻게 대답해야 할까? 내일 지구가 멸망할 겁니다. 문학파괴자 팽주혁이 텔레비전 좋다고 말했거든요. 그래서 우리는 한 그루의 봄을 심고 있습니다. 완벽한 대답이군.

주혁이 삽질을 멈췄다.

"안에서 걸리적거리는군."

주혁은 품속에서 봄씨가 든 상자를 꺼내 내게 건넸다. 다시 삽질을 시작하는 주혁을 보다가 한 손으로 상자를 열었다. 손전등 불빛 속에 그것을 넣어 안쪽을 살폈다.

그래. 처음 받았던 인상대로 그건 복숭아씨임이 분명하다. 우리의 인터넷 기인은 복숭아 과수원이라도 가지고 있나 보다. 아니면 과일 가게 주인이든지. 이런 장난이라면 의미가 중요하지 형식은 그다지 중요할 것이 없다. 30센티미터이든 3센티미터이든 아무 상관이 없으니 주혁은 굳이 고생하지 않아도 될 것이다. 나는 주혁을 말리려 했다. 그때 주혁이 삽을 들어 올리며 허리를 폈다.

바닥을 보니 설명서의 지시를 충족하는 깊이의 구덩이가 보였다. 앞뒤 없이 힘센 놈 같으니라고. 주혁이 이마의 땀을 훔치고 말했다.

"넣어."

나는 피식 웃고는 상자를 기울여 봄씨를 떨어뜨렸다.

똑바로 떨어진 봄씨는 주혁이 만든 구덩이에 떨어졌다. 주혁은 파냈던 흙을 다시 구덩이에 채워 넣고는 삽 뒷부분으로 땅을 툭툭 다졌다. 땅을 계속 비추던 나는 주혁의 발이 더 이상 움직이지 않는다는 것을 조금 늦게 깨닫고는 손전등을 들어 올렸다.

"끝난 거야?"

주혁은 손전등 불빛에 눈을 찌푸렸다. 손전등을 낮추자 주혁의 중얼거림이 들려왔다.

"끝났어."

스스로를 비웃으면서도 나는 뭐가 달라졌는지 알아보기 위해 주위를 두리번거릴 수밖에 없었다. 물론 주목할만한 것은 아무것도 없었다. 느닷없이 벚꽃잎들이 휘날리지도, 사방에서 겨울잠 자던 개구리들이 튀어나오지도, 각색 나비들이 떼를 지어 날아오지도 않았다. 나는 적막한 공단 지구의 휑한 야적장에 주혁과 함께 서 있었고 그건 10분 전과 똑같은 상황이었다.

이제 내 일을 할 차례다.

나는 귀를 열고 주혁을 바라보았다. 오늘 밤 내 역할이야 특별히 짐작할 것도 없다. 나는 증인인 것이다. 주혁은 삽과 복숭아씨를 이용하여 잃어버린 봄을 소환하는 의식을 집전했고 나는 벗의 자격으로 그 의식의 증인으로 선택된 것이다. 그리고 그런 증인이라면 얼마든지 해줄 용의가 있다. 나는 주혁이 봄이 왔다고, 그리고 무엇을 해야 할지 몰라 어영부영 시간을 까먹는 짓을 그만두겠다고 선언하기를 엄숙하게 기다렸다.

입을 연 것은 주혁이 아니라 하늘이었다.

아무런 징조도 없이 비가 내리기 시작했다. 밤의 어둠 때문에 비구름이 낀 것을 못 봤는지도 모르지만 어쨌거나 갑자기 빗방울들이 후드득 떨어졌을 때 우리는 아무런 대비도 할 수 없는 상태였다. 주혁은 삽을 어깨에 걸치곤 따라오라고 외치며 달려갔다. 그 뒤를 따라 몇 걸음 달리지도 않았는데 이미 비는 쏴아아 소리를 내며 본격적으로 쏟아졌다.

주혁이 달려간 곳은 주차장 쪽이었다. 주차장 한쪽에는 직원용 자전거 보관대가 있었다. 우리는 옷이 흠뻑 젖기 전에 겨우 자전거 보관대의 지붕 아래에 들어갈 수 있었다. 플라스틱 지붕을 때리는 빗소리가 소란스러웠다.

우리는 자전거 보관대의 프레임에 걸터앉아서는 머리를 털었다. 긴장을 풀고 들어보자 처음 느꼈던 것처럼 빗소리가 거세지는 않았다. 나는 가랑비인 것 같다고 말했고 주혁은 고개를 끄덕였다.

"효과 빠르네."

"효과?"

"봄비 오잖아."

기막힌 해석에 웃음을 터뜨렸다. 주혁은 삽을 프레임에 기대 놓고는 앞으로 한 걸음 걸어 나갔다. 지붕 밖으로 손을 내민 주혁은 낙수를 손바닥으로 받았다. 나는 그때까지 끄지 않았던 손전등으로 주혁의 근처를 비추었다. 노란 불빛 속에서 빗줄기들이 반짝거렸다.

주혁은 손을 내려 바지에 닦고는 다시 고개를 끄덕였다.

"몇 년 만에 드디어 봄이 돌아왔어."

위엄 있는 증인의 역할을 연기하고 싶었지만 조금 전에 터뜨린 웃음 때문에 그러기 어려웠다. 그래서 나는 장난스럽게 말했다.

"그래. 봄이 왔군. 뭘 해야 할지 떠오르냐?"

"응."

"그래? 뭐지?"

주혁은 몸을 내 쪽으로 돌렸다. 손전등을 들어 올려 그 얼굴 근처를 비추었다. 주혁은 입을 다문 채 나를 똑바로 바라보고 있었다. 뭔가 긴말을 할 모양이다. 나는 손전등 스위치를 만지 작거리며 주혁의 말이 정리되기를 기다렸다. 이윽고 주혁이 말 했다.

"반년 동안 밤늦게 허름한 실비집으로 찾아와 술 사주면서 월급 받아내라고 악을 써 준 여자라면 붙잡아야 된다는 것을 알았어."

무의식중에 스위치에 올려놓았던 손가락을 꿈틀했다. 손전 등이 꺼졌다.

빛이 사라지자 주혁의 실루엣조차 제대로 보이지 않았다. 대 신 빗소리는 더 가까이 다가왔다. 비가 몸을 때릴 것 같은 느낌 에 움찔했다.

여자라고? 아, 그래. 나 여자였지. 주민등록등본에도 그렇게 나와 있으니 대한민국 정부가 보증하는 여자지. 그런데 저 진 화에 저항하는 녀석이 그 당연한 사실을 왜 지적하는 거지? 그런 거 한 번도 지적 안 했잖아. 그래서 나도 나 자신에게 그걸 지적하지 않았는데.

영원히 지적할 일이 없을 거라고 생각했는데.

빗소리 사이로 숨소리가 들려왔다. 가까이서 분명하게 들리는 것은 내 것이지만 주혁의 숨소리도 약하게나마 들려왔다. 귀가 꽤 예민해진 것 같다. 그 때문에 갑자기 들려온 주혁의 목소리는 놀랍도록 선명했다.

"오래간만에 돌아온 이 봄에 나는 너한테 다가가고 싶어. 네가 허락하는 거리까지. 그 거리가 짧았으면 좋겠어."

비가 내리고 있어 공기가 습한데도 목이 말랐다. 억지로 침을 삼키고 말했다.

"주혁아. 밀린 월급 받아내고, 그리고 새 직장 구해야 되는 거 아냐? 그러려고 봄을 심었잖아."

"아닌데."

"아니라고?"

"그런 건 언제든지 할 수 있어. 하고 싶기만 하다면. 나는 그런 것을 하고 싶게 만드는 이유를 찾으려고 봄을 심었어."

"그 이유가……"

"수희 너였어. 가까이 있는데도 몰랐어."

주혁이 침묵했다. 할 말을 정리하는 모양이다. 드럼 위에 고

운 모래를 뿌리는 것 같은 빗소리가 적막했던 공단 지구를 차
곡차곡 채워갔다.

주혁이 말했다.

"백지상태로 다가올 시간에 무엇을 해야 할지 아는 것도 중
요해. 하지만 그 시간을 함께 할 사람이 누구인가도 중요해. 그
리고 그건 똑같은 말이야."

똑같다고?

"지구 위에 나 혼자라면 내가 무슨 짓을 해도 의미가 없으니
까."

뱃속이 화끈해지는 기분이 들었다.

나는 주혁이 숨어있는 어둠을 바라보았다. 탯줄로 이어지
지 않은 사람이 그 어둠 어느 곳에 있었다. 고맙고 고마운 부
모님들. 하지만 그분들은 어둠 속에 있는 다른 사람이 아니라
또 다른 나다. 탯줄이 우리를 잇고 있으니까. 지구 위엔 나 외에
다른 사람도 있어야 한다.

내 침묵과 주혁의 침묵이 다르다는 것은 주혁도 잘 알고 있
었다. 주혁은 내 침묵을 대답을 정리하는 시간으로 해석할 수
없었다. 불안해하는 목소리가 들려왔다.

"나는 흔해빠진 기계공이야. 수희야. 그나마 월급은 여섯 달
치나 밀렸지. 하지만 만약 네가……"

"내가 허락하는 거리까지 다가오고 싶다고 했지?"

내 갑작스러운 방해에 주혁은 혼란스러워하는 것 같았다. 조금 후 주혁은 단어 하나하나를 연마하듯 조심스럽게 말했다.

"어디까지 다가가면 될까?"

왜 시사정보 프로그램에서 봄을 판매하는 기인에 대한 이야기가 보도되지 않은 것인지 알 것 같다는 느낌이 들었다. 왜 이슈를 찾아내는 일에는 저인망 수준인 네티즌들이 그 이야기를 발굴해내지 못한 것인지도 알 것 같았다. 그리고 주혁과 내가 심은 것이 복숭아 씨가 아닌 것 같다는 느낌도 들었다.

하지만 나는 내 추측들을 확인하지 않았다. 대신 주혁의 질문에 대답했다.

"보이지 않으니까, 만질 수 있는 곳까지 다가와."

큼직한 발소리가 들렸다. 주혁의 묵직한 안전화가 젖은 땅을 때리는 소리다. 갑자기 손전등을 켜고 싶었다. 하지만 그 전에 무엇인가가 내 손을 감싸 쥐었다. 주혁의 손이었다.

나는 그 손을 마주 잡았다.

별뜨기에 관하여

1판 1쇄 펴냄 2020년 10월 22일
1판 3쇄 펴냄 2023년 3월 6일

지은이 | 이영도
발행인 | 박근섭
편집인 | 김준혁
펴낸곳 | 황금가지

출판등록 | 2009. 10. 8 (제2009-000273호)
주소 | 06027 서울 강남구 도산대로 1길 62 강남출판문화센터 5층
전화 | **영업부** 515-2000 **편집부** 3446-8774 **팩시밀리** 515-2007
홈페이지 | www.goldenbough.co.kr

도서 파본 등의 이유로 반송이 필요할 경우에는 구매처에서 교환하시고
출판사 교환이 필요할 경우에는 아래 주소로 반송 사유를 적어 도서와 함께 보내주세요.
06027 서울 강남구 도산대로 1길 62 강남출판문화센터 6층 민음인 마케팅부

㈜민음인은 민음사 출판 그룹의 자회사입니다.
황금가지는 ㈜민음인의 픽션 전문 출간 브랜드입니다.